作文教室

-系列-

記敍文

我要寫好

中華教育

作文教室系列

我要寫好記敘文

主　編：中華教育
裝幀設計：立　青
印　務：劉漢舉

主編
中華教育

出版
中華教育
香港北角英皇道499號北角工業大廈1樓B
電話：(852) 2137 2338　　傳真：(852) 2713 8202
電子郵件：info@chunghwabook.com.hk
網址：http://www.chunghwabook.com.hk

發行
香港聯合書刊物流有限公司
香港新界荃灣德士古道220-248號荃灣工業中心16樓
電話：(852) 2150 2100　　傳真：(852) 2407 3062電
子郵件：info@suplogistics.com.hk

版次
2007年9月初版
2024年7月第17次印刷
© 2007 2024 中華教育

規格
16開（210mm x 148mm）

ISBN
978-962-8930-49-4

目錄

序一
快樂的《作文教室》

學生苦着臉説：「作文很難學啊！」

中文老師皺着眉説：「作文真難教啊！」

家長一臉無助地説：「我的孩子就是沒有寫作天份！」

在不同的閱讀和寫作講座上，不論小學生、老師或家長都不約而同地認為作文很難學，要學得好，就更加難上加難！小讀者常常問我：「你是如何寫作的？」

我笑着説：「要快快樂樂地寫啊！」

是的，寫作是一件很快樂的事情，那怕是寫一件悲傷的事件，只要能觸動讀者的心靈，寫的人和看的人一樣感到快樂，是一次愉快的情感交流，思想的共鳴。

寫作的基本功是大量閱讀、廣泛閱讀，還要涉獵不同體裁和風格的文章，吸取各種新知識。只要愛上閱讀，便有寫作的衝動，很自然地拿起筆來，把自己的思想和感情抒發出來，與別人分享。分享是寫作的最大樂趣。

但是，要作文寫得好，也要下點苦功，掌握不同文章體裁的技巧，才會寫出來得心應手，嚐到成功的喜悅。

目前，坊間的「作文好幫手」多得很，它們大都來自中國大陸或台灣，香港本土的作品很缺乏。因此，十分感謝中華書局，給我們開闢了四個《作文教室》，分別是記敍文、描寫文、實用文和創意寫作，共有123篇小作者的習作。他們的作文老師功力深厚，從「點評」中，讓我也學到不少寫作的「秘訣」。我深信小學生也會像我一樣，急不及待地要進入這四個《作文教室》，把作文學好。

好吧，就讓我們一起走進《作文教室》，快快樂樂地學好作文，好嗎？

嚴吳嬋霞

獲獎兒童文學作家及資深出版人
香港親子閱讀書會會長
香港書展「兒童天地」主席
香港兒童文藝協會名譽會長
香港拔萃男書院（小學部）課程發展顧問
浸信會沙田圍呂明才小學兒童文學顧問

序二

人與人的溝通，通常需要用說話和文字去表達，所以要達到「善於溝通」的目的，文字的表達能力是十分重要的。在本港，兩文三語的溝通能力更是學生的主要學習目標。

中文科是本港核心課程中的主要科目之一，因為通過學習中文科，學生能掌握中文的聽、說、讀和寫的能力。

以前，當我還是小學教師的時候，批改學生作文是一樁苦事。他們常犯的錯誤，包括文不對題、內容空泛、錯別字連篇或文句欠通順等；而學生作文最大的缺點就是內容空泛、言之無物、味同嚼蠟。究其原因，是因為他們腦海裏可以寫的東西極為貧乏，那麼，就算他們怎樣搜索枯腸，也不能寫出一篇像樣的文章。

其實，學生要懂得運用文字溝通和表情達意（寫作），首先，他們一定要多聆聽、多閱讀、多觀察、多欣賞，這樣，他們腦海裏便自然有大量可以寫或可以表達的內容；其次，把握寫作方法、寫作技巧，多寫作、多發表，以上寫作的缺點便會逐漸減少；最後便可以達到文字上「善於溝通」的目標。

《作文教室》是中華書局一套給小學生閱讀和參考的書籍，它不但搜羅了不少小學生佳作，而且每篇作品都附有「設題背景」、「寫作練習背景」、「點評與批改」、「總評及寫作建議」、「詞彙百寶箱」、「精句收集屋」和「寫作練習坊」。在閱讀每篇作品的時候，讀者可以了解小作者寫作的背景、寫作方法和寫作技巧、優點、缺點……所以它不僅是小學生一套上佳的寫作參考書籍，也是一套值得閱讀的書籍，更是一套可以自學的工具。希望讀者們多看多寫，那麼，寫作便是一件樂事了。

張志鴻

香港資助小學校長會主席
油蔴地天主教小學（海泓道）校長

① 賣旗

學校：協恩中學附屬小學
年級：小四
作者：余施燁
批改者：本校老師

 設題背景

　　學生參加社會公益活動，可培養學生關心社會，使學生深入認識社會，增強愛心。擬定本題目讓學生以記敘文文體記述個人參加賣旗活動經過，表達自己對參與公益活動的認識和感受。

寫作練習背景

1. 按倒序法記敘自己參加公益活動的事情。選擇有意義事件為寫作素材，可使作品起到一定的教育作用。

2. 運用「首尾呼應」的寫作方法，使文章具立體感。

3. 記敘文是小學低年級、中年級的學生經常學習和處理的體裁，重要的是要讓人對文章留下深刻的印象。能夠在記事之餘，而夾以生動活潑、細膩傳神的描寫和抒情述懷的文句和片段，往往令人回味不已。

 習作正文

　　自五歲起，也就是我認識賣旗籌款這種公益活動後，我一直都期待著在某一天裏，可以和父母一起參與這種有意義的社會服務活動。

 點評與批改

● 開門見山交代自己從小的渴望就是參與賣旗活動。

願望達成的日子終於來到了！三個多月前，老師在學校派發通告，內容是有關一個賣旗的活動，邀請四至六年級的同學和她們的家長參與。你可想到我當時是多麼的歡欣、多麼的興奮啊！一踏進家門，我立刻從書包裏掏出那份通告，飛快地跑到媽媽身旁，然後簡畧地告訴媽媽通告的內容：一個由<u>香港耆康老人福利會</u>舉辦的賣旗活動，日期是十月二十一日……媽媽把通告看了一看，便爽快地答應了我，我開心得跳了起來……在那段等待的日子，我常想像賣旗時的情況會是怎樣？感受究竟又是怎樣的呢？畢竟這是我盼望已久的事情啊！

期待已久的日子終於來到了！那天早上，媽媽和我商量後，便決定在<u>土瓜灣工聯會</u>大廈旁賣旗。其實，在茫茫的人海中，我真的不知從何入手，我猶豫着，亦開始感受到向陌生人募捐的那份尷尬：若路人拒絕買旗，藉故避開，我該如何呢？幸好媽媽在旁鼓勵我，叫我不用擔心，因為<u>香港</u>大部分的市民都是樂於助人的。

● 以倒敘法承接上文，等待多年的夢想終於成真了。並且寫出既雀躍又忐忑的心情。

● 將媽媽的表態和自己的開心傳神地寫出來。

● 先以選擇賣旗的地點和母親一番鼓勵的話發展文章。

聽了媽媽的話，我便把一切疑慮拋開，提起勇氣，面帶笑容向剛走近的一位陌生人說：「早晨！小姐，請問你可否買一張<u>耆康老人福利會</u>的旗子呢？」料想不到她竟然點一下頭，還立刻把一枚十元硬幣投進錢袋內，我連聲道謝。我的信心越來越強，只要一看見身上還沒有貼着旗子的行人，就自然地跑上前請他們幫忙，原來媽媽的話一點也沒錯。看見錢袋越來越飽滿，我也越來越高興；而且一想到錢袋裏的金錢可以幫助有需要的人，我就覺得很有使命感，更加希望籌得更多的善款。突然，一件令我驚喜的事出現了，當我向一位老伯伯募捐時，他看一看錢袋，便毫不猶豫立刻從錢包裏取出一百元。「啊！是一百大元！」我連聲道謝，因為我實在沒想到有人會如此慷慨！還有一位姨姨的善心令我留下更深刻的印象呢！因為當我請姨姨買旗時，她只是輕輕的告訴我她待會兒才來買旗，後來姨姨果然拿着一張二十元紙幣跑來。當我給姨姨貼上旗子後，她便跟我說：「妹妹，姨姨可沒有騙你呢！」我笑了笑，才發現她身

● 再以其中兩位特別熱心為公益的捐款者如何叫作者感動的行為，製造高潮、動人的場面。

● 描寫自己的感受，自然地將小作者的善心流露出來。

● 應在「突然……」之處分段，因文章已轉入另一個情景的描寫。

上已貼了兩張旗子，我心裏想：這個姨姨既遵守承諾，又樂於助人，真是值得我們學習的好榜樣啊！

　　轉眼間，旗子賣光了，當媽媽把掛在我頸上的錢袋提起來時，她露出驚異的神色——原來，飽滿滿的錢袋十分重，我只一直忙於賣旗，也從不留意它的重量，做善事嘛！當我和媽媽到達<u>滙豐銀行</u>歸還錢袋時，我想：若果我是錢袋裏的錢幣，我一定會感到非常自豪，因為我將有機會幫助有需要的人。

　　我覺得賣旗活動真的很有意義，雖然只是一分一毫的累積，但當中所包含社會大眾人士的善心，是沒法用任何東西去衡量的。而我亦在當中學會只要鼓起勇氣，盡心去做一件事情，必定會成功的道理。還有就是經過這次的體驗，我真真正正領會到做義工的得益，<u>期待着另一次幫助有需要的人</u>！

- 以母親協助自己除下掛在頸上沈甸甸的錢袋時驚異的神色，展開結段部份。接着聯想自己若是錢幣，會感到自豪的原因。最後總結賣旗活動的意義回應起段。

- 此句應改「期待着另一次幫助有需要人的活動！」

4

總評及寫作建議

文章以熱切期待「人生第一次參與公益活動」開始，以期待在不久的將來另一次「服務社會活動」作結，展示了典型「首尾呼應」的寫作特色。全文以第一人稱記敘賣旗籌款為主，以親子之情和關愛社會之心貫穿為輔。文章結構緊湊，絕不鬆散，一氣呵成；再加上文筆流暢，表達有序，可讀性十分高。

如果能夠在第三段把敘述母親鼓勵的話改為直述對話，既加強文章感染力，也讓句子來點變化！此外，可在這裏交代自己擁有一個怎樣的媽媽，她會是一個「觀察入微、心細如塵」的母親嗎？還有媽媽會怎樣做？讓自己安定下來？「她輕輕拍着我的肩頭」，「把我擁在懷裏輕輕地說」，都是可考慮的句子，那會讓文章更生色！另外要注意文章的分段、層次分明，進一步學習使用正確語法，鍛煉邏輯思維能力，避免出現語病。

詞彙百寶箱

參與	出頭露面	尷尬	爽快	助人為樂
領會	感悟	慷慨	勇氣	自豪
帶領	興奮	多多益善	動員	響應

 精句收集屋

- 不以善小而不為，不以惡小而為之。（古語）

- 在此次慈善募捐活動中，我耳聞目睹了許多好人好事。

- 做人要設身處地為他人着想。

 寫作練習坊

1. 在老師 ＿＿＿＿＿＿＿ 之下，我們幾位同學 ＿＿＿＿＿＿＿

了義賣活動。

2. 我們應該發揚 ＿＿＿＿＿＿＿ 的精神，多多 ＿＿＿＿＿＿＿

老弱病殘人士。

2 我眼中的巴黎

> 學校：協恩中學附屬小學
> 年級：小六
> 作者：傅澧楠
> 批改者：本校老師

？設題背景

　　學生與父母外出旅遊，對促進親子關係、增長見識都有莫大的幫助。本題目讓學生以記敘文文體記述個人的旅遊經歷，運用所學的寫作知識，表達自己暢悅的旅遊感受。

寫作練習背景

1. 按時間順序記敘旅遊事件，學生要有條理地將所見所聞記述下來。
2. 將描寫文的寫作法融入記敘文中。

習作正文

　　我是一個土生土長的<u>香港</u>小女孩，從小到大都過着繁忙的生活。可是據我所知居住在<u>法國</u>首都——<u>巴黎</u>的人卻生活得非常悠閒，而且非常講求品味。我一直都渴望到<u>巴黎</u>遊覽，在剛過去的暑假，我終於得到這個難遇的機會。

 點評與批改

· 小作者把<u>香港</u>與<u>巴黎</u>的生活畧作比較，流露出對<u>巴黎</u>悠閒生活的嚮往。開門見山，說明渴望到<u>巴黎</u>遊覽之情。

今年七月，父母與我到巴黎「自由行」。到達巴黎的第二天，一線晨光從窗外射到我的臉上，把我從睡夢中喚醒，我連忙把父母喚醒，梳洗完後，大家享用了一頓美味的早餐，接着便手牽着手出發。

承接第一段，小作者終於如願以償，可到巴黎遊覽，而親子之情和急於遊覽之心亦躍然紙上。

我們興致勃勃地來到羅浮宮門前，拍照留念。踏進大門，嘩！羅浮宮前獨特的玻璃金字塔，把聳立在外宏偉的建築物映入室內，營造出雄偉的氣勢。它是世界上最宏偉的藝術博物館，規模龐大，收藏品也極為豐富。我們進入新建的玻璃天幕，裏面人山人海，兩旁有很多各具特色的商店，使人眼花繚亂。我們乘扶手電梯來到羅浮宮博物館內，那兒富麗堂皇、雕樑畫棟，四周都擺放着精雕細刻的雕塑和漂亮的名畫，如《蒙娜麗莎》、《最後的晚餐》等，到處都洋溢着藝術氣息。

小作者第一站是前往羅浮宮。她先寫此地的獨特之處——玻璃金字塔及雄偉的氣勢，再概括說明宮內的裝潢富麗堂皇及展品繁多。

我們首先欣賞有數千年歷史的埃及和希臘文物，它們雖然古舊，但卻價值連城。接着，我們看到一座美輪美奐的雕塑，我雖不知道它的名字，但它那活

小作者詳細介紹了幾件令其印象深刻的展品——一尊女人的雕塑（應是維納斯女神像）和達文西的

靈活現的神態和細緻的雕刻技術，使我對它讚不絕口。它是一尊女人的雕塑，上半身是赤裸的，下半身被一塊布裹着，兩隻手臂都斷了。千萬不要以為這是色情的東西，它可是藝術的結晶呢！然後我們欣賞了很多不同風格的名畫，有抽象派的，有寫實派的，種類繁多，它們都把主角描繪得栩栩如生。我們還有幸看到了達文西繪畫的《蒙娜麗莎》呢！非常神奇，無論我走到哪裏，總看到畫中人望着我微笑，多麼怪異！

　　時間過得真快，轉眼間已是下午五時多了，爸爸說我們是時候離開了，我們都萬分捨不得。

　　我們乘坐計程車回到巴黎市中心。吃過晚飯後，我們來到艾菲爾鐵塔前，翹首仰望，卻看不見塔頂。我們排隊購票入場，乘搭升降機到頂層欣賞巴黎的夜景，這兒的夜景實在太美了！四周金光閃閃，仿如成千上萬的寶石在閃耀。突然，塔頂射出一道道耀眼的光線，是激光匯演啊！所有人都抬起頭，目光隨着光線轉動。隨後我們在鐵塔第二層的

名畫《蒙娜麗莎》。正顯示出小作者欣賞藝術的品味。

● 因名畫是物，不能自己畫自己，此處應改為「畫中的主角都被描繪得栩栩如生」。

● 小作者第二站是前往艾菲爾鐵塔，欣賞巴黎的夜景。究竟艾菲爾鐵塔有多高？小作者沒有直接說出，而是用側面烘托來說出塔之高：「翹首仰望，卻看不見塔頂」，留給讀者想像的空間。

商店內買了一些紀念品，便跟<u>艾菲爾鐵塔</u>告別了。

　　我們乘坐觀光巴士，不消一會兒便到達了世界上最繁忙的交通總匯——<u>凱旋門</u>。<u>凱旋門</u>是<u>拿破崙</u>在一九零六年為了紀念帝國勝利而下令修建的。我們乘電梯登上<u>凱旋門</u>頂樓的觀景台，俯覽整條<u>康榭麗舍大道</u>的景觀。沿着大道望去，馬路上擠滿了長長的車龍，兩旁名牌商店林立，耀目的霓虹燈互相輝映，行人熙來攘往，非常熱鬧。

　　到晚上十時多，我們沿着<u>康榭麗舍大道</u>，橫過數條馬路，返回旅館休息了。這一天的行程既豐富、又精彩，使我見識到真正的藝術。<u>巴黎</u>享有「藝術之都」這個美譽，果然名不虛傳啊！

小作者第三站是前往<u>凱旋門</u>。小作者沒有着墨寫<u>凱旋門</u>的雄偉，而淺談其歷史，突顯其重要性及氣勢。登上頂樓，<u>康榭麗舍大道</u>的熱鬧繁華的景象盡入眼簾。

最後，小作者一家以回旅館休息結束全文。並說出小作者對<u>巴黎</u>總體印象——「藝術之都」。

小作者善用了步移法，按時間順序依次寫來。先寫清晨全家醒來，興致勃勃；接着寫小作者與家人到羅浮宮。羅浮宮是世界上規模最宏大的博物館之一，不能詳述各展區和細數所有展品，要不然就成了說明文。小作者抓住羅浮宮的特色：玻璃天幕及其氣勢。小作者描寫羅浮宮是從外到裏介紹；介紹展品是先總述，後分述，顯得脈絡清晰。晚飯後，小作者一家到艾菲爾鐵塔欣賞巴黎的夜景。最後，小作者一家於凱旋門頂樓觀看康榭麗舍大道的熱鬧景象。晚上，小作者以一家人回旅館休息結束全文，全文自然流暢。看完此文，有跟小作者同遊巴黎一天之感。

本文既是記敘文，也是描寫文。小作者於文中運用了大量的形容詞及四字詞，又用了側面烘托的手法。

另外，小作者於首段說出聽聞「巴黎的人生活得非常悠閒，而且非常講求品味」，小作者遊覽巴黎後，另有體會——巴黎是一個「藝術之都」。這也是一種首尾呼應的寫作方法。

不過，小作者於首段的描寫令讀者以為她會着墨寫巴黎人的生活；小作者於末段又說巴黎有「藝術之都」的美譽，但艾菲爾鐵塔和凱旋門的介紹與藝術不沾邊，這兩點都是本文不協調之處。總括來說，本文瑕不掩瑜。

很多學生寫作記敘文，尤其是遊記，大多平鋪直敍；或浮光掠

影，或走馬看花，或詳畧失宜，或草草了事。然而本文卻沒有以上的缺點，這是源出小作者的細心觀察和取材得宜。作文要寫得真實、具體、深刻，觀察必須準確、細緻、透徹。我們寫作的題材離不開生活，假如沒有細心觀察，便無「物」可寫了。

宏偉肅穆	燈光輝煌	興致勃勃	風光旖旎	幽美
栩栩如生	迷人	點綴	熙來攘往	燦爛
形態萬千	格外	仿如	漫遊	各式各樣	眺望

- <u>維港</u>岸邊那瑰麗璀璨的夜景，令人流連忘返。

- 旅遊業的興旺，使這個僻靜的小漁村也熱鬧起來。

- 站在<u>黃山</u>天都峯頂上舉目遠眺，千峯競秀，雲海翻騰，氣象萬千。

![寫作練習坊]

1. <u>中華</u>大地 ＿＿＿＿＿＿ 悠久、文化 ＿＿＿＿＿＿ ，有許多名勝古跡 ＿＿＿＿＿＿ 於世。

2. 新建的渡假村依山＿＿＿＿＿＿，環境十分 ＿＿＿＿＿＿。

3 一件趣事

學校：油蔴地天主教小學
年級：小五
作者：王嘉怡
批改者：高婉雅老師

❓ 設題背景

　　在小學生的童心裏，生活是多彩有趣的。他們在成長中回顧自己的難忘經歷，記錄下兒時有趣的事情，有益於他們更加熱愛生活，憧憬美好的將來。

✏️ 寫作練習背景

　　場景描寫。在敘事中，不僅要講述事情的整體情況，也要描寫人物的具體表現。將人物活動、周邊環境交織在一起，可將場景清楚地描寫出來。

 習作正文

 點評與批改

　　如果要說趣事的話，就不得不提「摸田螺」！

　　記得我只有六、七歲時，外婆邀請我到故鄉「摸田螺」，那時我覺得「摸田螺」應該挺有趣的，於是便決定跟她一起回鄉見識見識。

● 開門見山交代要寫的有趣的事情。

● 以倒敘的寫法展開文章。

外婆的故鄉很大，不過只有一條河，我們從外婆家出發，穿過農地才可以到達目的地「摸田螺」。

河水很淺但很清澈；河邊樹木，青翠怡人。住慣城市的我，被美麗的大自然深深吸引着，便迫不及待蹚到河裏。

外婆一步一步地教我怎樣去「摸田螺」，我也耐心地跟着外婆學習，在不期然地蹲低身體時，突然，我大叫：「啊！糟糕了！」。

原來我的屁股濕了，褲子被河水弄濕了一大片，樣子狼狽極了。外婆立即帶我回到她的家去換褲子，誰知她給了我一條「開襠褲」，回想起來真的令我哭笑不得啊！

● 簡單交代外婆故鄉的大概狀況。此處宜告知讀者外婆故鄉具體的地名。

● 對河水河邊景色描寫得很細緻。

● 具體描寫跟外婆學「摸田螺」。

● 對趣事的敍寫很生動，令人感到很有趣。

總評及寫作建議

這篇文章的文句頗通暢，作者能以生動有趣的用詞，帶出一件童年趣事。當中提到的「摸田螺」、「開襠褲」充滿了童趣，給讀者留下深刻的印象。

　　記敘文「六要素」中，宜將事情發生的地名清楚交代，讓讀者明白事情的實虛；如果能具體描寫一下怎樣「摸田螺」和摸到田螺時的情況，文章就更完整和內容就更生動了。

見識	青葱	清澈	奇花異草	茂盛
環繞	小心翼翼	大顯身手	動作嫻熟	束手無策
念念不忘	領畧	不慌不忙	哭笑不得	

- 螃蟹過河——七手八腳。（歇後語）

- 河邊上綠草如茵，鬱鬱葱葱，散發着翠草的清香味。

- 溪水清澈見底，銀光閃閃的小魚在卵石間暢游。

1. 此次暑假同爺爺返故鄉，我增長了＿＿＿＿＿＿＿＿，
   ＿＿＿＿＿＿＿到與城市不同的鄉間風貌。

2. 讓我＿＿＿＿＿＿＿的，就是兒時同爸爸一起在鄉下河邊釣魚的趣事。

4 一場美麗的誤會

學校：油蔴地天主教小學
年級：小五
作者：李洛然
批改者：劉建敏老師

設題背景

男孩子成長過程中，父親往往是他心目中第一個偶像。父親的態度，對孩子人格的完善起了很大的作用。學生設此題，反映了他與父親之間融洽的關係。

寫作練習背景

段落之間的自然過渡。文章中的兩層意思之間需要自然過渡，文章才顯得連貫、銜接自然，而又中心突出。

習作正文

每次當我經過足球場時，都會想起一場美麗的誤會，令我發出會心的微笑。

那是我讀三年級時，爸爸約了我到電影院看「足球小將」。可是，我誤會了他是約我到足球場踢

點評與批改

- 直接點明要敍寫的事情。

足球。結果爸爸在電影院焦急地等待了我一個小時，還不見我到來，便急忙回家探聽我的下落。

以倒敘法述寫事情的發生。描寫了爸爸等待兒子的焦急心態和行為。

途中，爸爸經過一個足球場，突然之間，他發現我在球場開開心心地踢足球。他既生氣，又開心。生氣的是因為我失約，令他擔心我；開心的是他知道我平安無事。經過我的解釋，他才恍然大悟，原來這是一場誤會，之後便和我一起踢足球；要知道，爸爸是個足球迷啊。

自然過渡到下一段。

用排比句寫出爸爸關切兒子的心情。

此句側面表現了爸爸的通達的性格。

經過這次誤會，我們每星期都會到足球場踢足球。

誤會反而促進了親子關係，宜再深一步描寫這一「意外」帶來的「收穫」，不必草草收尾。

總評及寫作建議

文章簡潔流暢，自然而連貫；內容貼題，情感很真實。從細緻的描述中，讓人感受到這場美麗的誤會，不但沒有破壞到小作者和父親之間的關係，反而增進了小作者父子二人的感情。

文章暗中表露了父子之間的感情。在親子關係方面應多着墨描寫，可以增加文章的感染力。

會心	焦急	和藹可親	平安無事
恍然大悟	津津有味	敬佩	炯炯有神
和氣	懇求	嚴肅	

- 他囑我路上小心，夜裏警醒些，不要受涼。(《背影》摘句 • 朱自清)
- 爸爸是個外冷內熱的人，雖不多言，對我的關心卻無微不至。
- 父親非常敬業，工作起來嚴肅認真、一絲不苟。

1. 我的爸爸 _____，空閒時經常給我講故事，我聽得
   _____ 。

2. 我的爸爸身形高大，一雙眼睛 _____，對人也很
   _____ 。

5 學校的運動會

學校：油蔴地天主教小學
年級：小五
作者：潘俊喬
批改者：嚴靜慧老師

？ 設題背景

　　每學期一次學校運動會是培養學生鬥志、毅力和協作精神的重要活動。無論是參與者或是助陣者，學生大都對參加運動會的經歷印象深刻。設本題可讓學生親述參加比賽的過程和成敗的心路歷程。

✏ 寫作練習背景

　　反映學校生活，選取典型的活動來記敘，達到立意深刻的目的。

📋 習作正文

　　上星期一，學校在<u>深水埗運動場</u>舉行了一年一度盛大的運動會。我報名參加了一百米短跑的比賽項目，正式比賽時，我的心情既興奮又緊張。

　　當我聽到發令員的訊號時，我便全情投入，奔向終點，只聽到周

✔ 點評與批改

- 以時間地點開頭，直接明白地交代了記敘的事件。
- 應在「我報名參加了……」之前分段，因已進入另一層次的描寫。

- 描寫自己比賽和同學吶喊助威的情況，有感染力。

圍的同學在大聲為我吶喊「加油！加油！」。雖然我已盡了全力，可惜我未能進入決賽！

・此段應和「我報名參加了……」連成一段組成第二段，因為同是在描寫參加一百米短跑比賽之事。

身為風紀，比賽完畢我便立刻返回崗位，執行維持秩序的職務。眼見在每一項運動中，雖然奪標人數寥寥可數，但每一位健兒都盡了個人的努力去完成賽事，他們的體育精神很值得大家欽佩。

・表現出小作者的責任心和對他人取得勝利的欽佩之情。

最後，當宣佈全場總冠軍是四甲班時，我心裏雖然有點失落，但失敗是成功之母，只要不放棄，相信我們班明年還是有希望的。

・真實地描述了自己的失落的心情，並以「失敗是成功之母」的諺語結尾，表示出了上進的決心。

總評及寫作建議

小作者以流暢的文筆，順序記敘了運動會當天所發生的事情及感受。同時，從文中得知小作者雖然落敗了，但仍懂得替獲獎的同學感到高興及勉勵自己，希望明年爭奪好成績。小作者具有這種體育精神，實在可喜。

小作者宜進一步努力學習文章的組織和構造，特別是要注意分段，將相關聯的內容組成一段，文章才能條理清晰。

興奮	緊張	摩拳擦掌	沈着	遙遙領先
穩操勝券	你追我趕	齊心協力	爭奪	默契
敏捷	角逐	手疾眼快	冷靜	毅力　信心

- 勝不驕，敗不餒。（諺語）

- 迅雷不及掩耳之勢。（熟語）

- 百米比賽開始了，運動場上呼喚聲、加油聲頓時響成一片。

1. 賽場上氣氛 ＿＿＿＿＿＿，運動員們個個 ＿＿＿＿＿＿＿，
   準備角逐冠軍。

2. 運動員們在賽場上 ＿＿＿＿＿＿＿＿＿，看台上觀眾在
   ＿＿＿＿＿＿＿地吶喊助威。

 ⑥ 記一次學校旅行

學校：油蔴地天主教小學（海泓道）
年級：小四
作者：田梓弘
批改者：陳媛老師

 **設題背景**

　　學生已能掌握記敘文中的六要素，亦在上學期學過人物描寫的方法，適逢學校旅行剛舉行，因此便請學生寫下旅行當天令他印象深刻的事情。

寫作練習背景

1. 選材適當。學生能選出印象深刻的事情去描述。

2. 修辭手法。能運用形容詞、比喻句、多元感官等去描寫所見所聞。

3. 要學生能寫好作文，題材必須與他們的生活經驗相關，更要學生運用已有知識去構思寫作內容，做到學生學甚麼便寫甚麼，這樣才能有效地評估學生的學習效能。

習作正文

　　一月五日是全校師生一起到鯉魚門公園度假村旅行的日子。當天風和日麗，那裏景色怡人，還有涼快的清風，愜意極了！

 **點評與批改**

● 開首便帶出這次旅行的日期、地點、當天的天氣及自己的心情。

那天最令我印象深刻的事情是踢球。我屬於「猛虎隊」，我們與「臥龍隊」在綠油油的大草地上施展渾身解數比賽。兩隊勢均力敵，可算是「棋逢敵手」了。我操控着足球，在草地上「風馳電掣」，如入「無人之境」，就像一匹千里馬在沙場上奔馳。雖然對手來勢洶洶，但畢竟我有「萬夫不敵之勇」，我越過了所有對手，再勁力一射⋯⋯

直接說出這次旅行令自己印象最深刻的便是足球比賽。當中描寫兩隊激戰的情況生動傳神，也頗為誇張，似描寫國家隊在踢球。這段的結尾用了省署號，令賽果增添懸疑性，把事情的發展推向高潮。

那時，場上歡聲雷動，震耳欲聾的歡呼聲響遍大地。隊員們一擁而上，圍着我，抱的抱、親的親，就在這樣熱鬧的氣氛下結束了這場比賽。

用「歡聲雷動」揭曉了比賽結果，然後再描寫隊員的反應。「大地」一詞形容地域廣闊，這只是足球場，應改為「四周」。

這次旅行不單讓我感受到大自然的美，還讓我一展身手，實在收穫豐富呢！

總結自己在此次旅行的收穫。

總評及寫作建議

全文以順敍法去記敍一件深刻的事情，亦能按寫作要求選深刻的事情作重點描寫。當中更用了不少形容詞，例如「涼快的」、「綠油油的」、「熱鬧的」等。文中用了誇張的手法，例如「風馳電掣」、

「震耳欲聾」等加強了戲劇的效果，讓讀者真的像在看一場世界盃賽事。但亦令人感到好笑，可以不必用過於誇張的詞來描寫，避免失真。

　　最後一段，寫出自己的收穫便是能欣賞大自然的美和一展身手，因此可再用一些篇幅描寫該處的景色。

棋逢敵手	得心應手	穿插	突圍	熱烈
全力以赴	不相上下	連續	操練	競爭激烈
抵擋	把守	贏取	乘機	挽回
局面	摩拳擦掌	躍躍欲試	身手不凡	

- 八仙過海，各顯神通。（熟語）
- 球證一聲令下，各隊選手披掛上陣。
- 生命在於運動。（伏爾泰名言）

寫作練習坊

1. 阿明帶球 ＿＿＿＿＿＿＿，並 ＿＿＿＿＿＿＿ 射門，為比賽勝利 ＿＿＿＿＿＿＿ 關鍵的一分。

2. 比賽就要開始了，雙方隊員都 ＿＿＿＿＿＿＿，＿＿＿＿＿＿＿ 欲試。

7 學校旅行

> 學校：油蔴地天主教小學（海泓道）
> 年級：小四
> 作者：呂政諺
> 批改者：梁嘉莉老師

設題背景

　　學生在小學三年級的時候學過運用「六要素」（時間、地點、人物、事情的起因、經過和結果或感受）來記事。這篇作文是學生參加學校旅行後記敘下來的自己親身經歷。

寫作練習背景

1. 能運用「六要素」是寫記敘文的基本方法，以此作重點批改，能審視學生是否已掌握此種能力。

2. 一般學生寫作以「旅行」為題的文章時，會把當天發生的所有事情巨細無遺地記錄下來，未能對文章的內容作「詳畧安排」，因此批改重點宜審視學生能否記述具深刻印象和感受的事情。

 **習作正文**　　 **點評與批改**

　　在一個寒冷的早上，全校師生和家長們一起到鯉魚門公園度假村旅行。

一到公園，原本聚集在一起的家長和學生分散到公園的各個角落：有些人到小賣部買零食吃，有些人自由自在地打羽毛球，有些人在草地上踢足球，有些人到公園內的康樂樓去玩遊戲。公園裏真是門庭若市，十分熱鬧，大家都玩得很開心，整個公園被喜氣洋洋的氣氛籠罩着。

- 用排比句概畧地描述各人到公園的活動，使讀者對公園內的設施及活動有初步的了解。
- 描寫公園由於湧來人羣，氣氛熱鬧非凡。

康樂樓裏有很多有趣的活動讓人參與，我去了攀石場，之後到手工藝室做了個鑰匙扣。手工藝室裏堆滿了人，我擠進人羣，好不容易才找了個座位做鑰匙扣。首先選定一個卡通圖案，接着把圖案用水筆畫在膠片上，然後把畫好的圖案部分剪出，在圖形上方釘一個孔，最後把備好的膠片放進焗爐半分鐘，精美的鑰匙扣便製成了。

- 以「好不容易才找了個座位做鑰匙扣」來描述工藝室裏人人爭相製匙扣的熱鬧場面。
- 詳細地描述製作匙扣的連續過程，使讀者明白如何製作匙扣。

這次旅行令我十分難忘。臨走前，我向公園刻意地多看一眼，然後懷着興奮的心情回家。

- 以「向公園刻意地多看一眼」含蓄地表示對此次旅行的戀戀不捨。

總評及寫作建議

　　文章首段先交代事情發生的時間、地點和人物，接着，小作者交代印象較深的兩件事情——攀石和製作匙扣，並細緻地描述了製作匙扣的過程，使讀者對學校旅行有更深入的了解。全文脈絡清晰，主次分明。

　　小作者如能多加運用形容詞、感官描寫法去描繪旅行地點的景色，文章內容將更豐富，也能讓讀者有身處其中的感覺。另外應簡單介紹一下攀石場的情況，使這一情節不至於太簡單。

　　小學生寫《學校旅行》此類題目時，通常不懂得如何做寫作材料的取捨，他們多會把旅行當天發生的一切事項全數盡錄，以致文章千篇一律，沒有個人特色，而且內容會顯得片面。因此學生寫作時，應選擇一至兩項印象較深刻的活動做重點敍述，然後描繪當時的心情，這樣文章才能別樹一幟，可堪回味。

詞彙百寶箱

門庭若市	喜氣洋洋	人山人海	熱鬧非凡
歡聚一堂	絡繹不絕	張燈結綵	熙熙攘攘
高朋滿座	人頭攢動	大功告成	如法炮製
精心設計	小巧精緻	圖案精美	構思

- 歷史博物館裏展出的<u>中國</u>古代瓷器珍品，件件都巧奪天工，精美絕倫。
- 節日裏，街道兩旁張燈結綵，路人個個喜氣洋洋，市區內充滿了歡快的氣氛。
- <u>小麗</u>用盡心思繪製出的壁報，得到了老師和同學們的讚賞。

寫作練習坊

1. <u>維園</u>的年霄花市 ＿＿＿＿＿＿＿＿ ，人羣 ＿＿＿＿＿＿＿＿ ，

   許多人都選購了大紮的年花。

2. <u>阿明</u>精心 ＿＿＿＿＿＿＿＿ 的一幅海報，＿＿＿＿＿＿＿＿ 獨

   特，在小學生藝術節中獲得了優異獎。

8 記一次學校旅行

學校：油蘇地天主教小學（海泓道）
年級：小四
作者：符匡賢
批改者：黃詠思老師

 設題背景

　　記敘文乃小學階段最常接觸的文體。這篇作文是學生在全校大旅行之後所寫的旅行記事。

寫作練習背景

1. 描寫心情及感受。

2. 掌握寫作重點。

 習作正文

 點評與批改

　　一月五日是我校旅行的日子，這次旅行的目的地是<u>鯉魚門公園度假村</u>。

　　那天我很開心，我覺得最深刻的事情是參加室外射箭活動。我的第一箭射在標靶的色界上；第二次，我射中了標靶黑色部分！但我很想射中紅心；第三次，我集中精

● 用排比句細緻地描寫室外射箭活動的情況。

29

神瞄準靶的紅色部分，終於得償所願，真的射中了紅心。當看到別人用羨慕的眼神看着我時，我心裏有說不出的快樂。

> 心理活動描寫，表現了自己的得意之情。

到了中午，我到了騎術學校，才發覺原來是十二歲才可以騎馬。我懇求工作人員給我試騎，工作人員給我的真誠打動了，讓我試騎，但是只可以騎在馬背上，馬不可以走動。我緊張得心也快跳出來了。

> 以「工作人員給我的真誠打動了」、「緊張得心也快跳出來」，形容渴望騎馬和騎在馬背上的心情。

> 應再深入寫一寫感受，自然結束此段，不必急於收筆。

這次旅行令我十分難忘。傍晚，我懷着興奮的心情依依不捨地回家。

> 表現自己留戀之情。

總評及寫作建議

　　文章首段先交代事情發生的時間、地點和人物，其後馬上簡單介紹個人在旅行中的活動，讓讀者對「學校旅行」有粗畧的理解。接着，小作者細緻地描述了印象較深的兩件事情——射箭和騎馬，使讀者對學校旅行有更深入的了解。全文脈絡清晰，主次分明。

　　小作者如能多加運用形容詞、感官描寫法去描繪旅行地點的景色，文章內容將更豐富，亦能讓讀者有身處其中的感覺，同時可進一步描寫自己的感受，否則文章有倉促收尾之弊。

 詞彙百寶箱

得意洋洋	樂不可支	盯着目標	心急如焚
全神貫注	興高采烈	神采飛揚	得償所願
真誠	專心	依依不捨	意猶未盡　　懇求

 精句收集屋

- 我全神貫注地盯着目標，用力射出一箭，命中了靶心。

- 阿強神采飛揚地捧着獎盃，在同學們羨慕目光下，他真是得意洋洋！

- 阿美遊覽完濕地公園，意猶未盡地和爸爸媽媽回了家。

寫作練習坊

1. 阿明 _____ 媽媽帶他去海洋公園，媽媽同意了，他終於 _____ 。

2. 在迪斯尼樂園，阿強玩得 _____ ，最後在爸爸的催促之下，才 _____ 地回家。

 ⑨ 惡作劇

學校：保良局錦泰小學
年級：小六
作者：王嘉禧
批改者：本校老師

 設題背景

　　小學生在和同伴玩耍遊戲的過程中，知曉了許多做人處事的道理，並積累了人生經驗，這是他們成長的重要一環。設此題的小作者在文中講明了自己對為人處事的看法。

✏️ 寫作練習背景

1. 運用記敘文要素的能力。記敘文要素（時間、地點、人物和事件）是寫好記文的基本條件，掌握好這一能力，有助於提高學生說話、聆聽及寫作水平。

2. 插敘插議地表現主題。掌握這一方法，可幫助學生提高思維和思考能力。

 習作正會

　　上星期天下午，我和同學們相約來我家的曬棚玩耍。初時，大家都玩得很高興，我們不但在那兒奔走追逐，還玩了很多集體遊戲，包

 點評與批改

● 清楚交代事情發生的時間、地點、人物和事件。

括「紅綠燈」、「拋手帕」和「捉迷藏」等。

雖然各人都滿懷興致地參與活動，卻仍不能盡興，因為「搗蛋鬼」——偉文總愛趁我們玩得興高采烈時，走過來捉弄我們一番，或是故意破壞遊戲的規則。例如在玩「紅綠燈」時，扮演「紅綠燈」的同學叫停，他就故意撞倒別人；又如在玩尋寶遊戲時，他竟然把答案說出來，因而令我們不僅感到掃興，還十分惱怒呢！

● 用插敘法展開講述大家不能盡興的原因。敘述有條理。

我認為偉文是故意做出惡作劇的，原因是他想引起別人對他的注意，從這樣的途徑來結識朋友。但我認為他這樣做，只會帶來反效果，就是令更多同學討厭他。他原應使用正面的方法——參與同學的遊戲，跟大家一塊兒玩樂，這樣，同學們才會認同他是個合羣的孩子，也容易接納他，願意跟他做朋友哩！

● 結尾插入議論，表達自己的見解。

● 應該從正面再加以敘述同伴們如何幫助偉文融入集體中，這樣文章更富教育意義。否則會讓讀者覺得大家在共同排斥偉文，有多數人欺壓少數人之感，其實這並非正確的做法。

 **總評及寫作建議**

　　文從字順，內容切題，文中所舉惡作劇的例子簡要明確，小作者在文章末段交代了<u>偉文</u>胡鬧的成因，表達了對於交友之道的個人見解，可謂情理相融，頗具品德教育意義。

　　建議加多一段幫助<u>偉文</u>融入集體的描寫段落，使文章內容更豐滿，更富教育意義。

 **詞彙百寶箱**

興致勃勃	捉弄	追逐	樂融融	敞開心扉
情同手足	互助友愛	互相體諒	情投意合	配合默契
尊重	促膝談心	合羣	心平氣和	心情愉悅

 **精句收集屋**

- 博得同學信任靠真誠，改正自己的錯誤靠行動。
- 你敬人一分，人敬你十分。（熟語）
- 一個人的美不在外表，而在才華、氣質和品格。

寫作練習坊

1. 我和<u>阿明</u> ＿＿＿＿＿＿＿＿，是非常要好的朋友，兩人在一起心情 ＿＿＿＿＿＿＿＿。

2. 我和<u>阿強</u>倆人正在 ＿＿＿＿＿＿＿ 地下棋，但<u>阿明</u>卻突然出現，故意 ＿＿＿＿＿＿＿ 我們。

⑩ 跟媽媽到市場去

學校：保良局錦泰小學
年級：小五
作者：韋諾敏
批改者：本校老師

❓ 設題背景

「跟媽媽到×××××去」這類題目常見於小學記敘文習作中。該題目訓練學生的敘事能力，將學生所觀察到的周邊事物有條理地鋪排在文章中。

✏️ 寫作練習背景

1. 熟悉倒敘的手法。提高文章鋪排的能力。

2. 對事物形象的描寫，擬人寫法的運用。掌握事物與事件的渲染方式。

✅ 習作正食

每當我看見自己食指上的紅印時，不禁發出會心的微笑，讓我想起不久前發生的一件趣事。

那天是學校的假期，因此我跟媽媽到市場去買菜。看到那裏售賣的食物特別多，<u>有鮮魚、肉類、素食……令我的肚子忍不住「咕咕」</u>

✅ 點評與批改

- 以「每當我看見自己食指上的紅印」的視覺感受為開端，引起下文。

- 開始憶敘事件，鋪排文章。

- 此兩句描寫雖生動，但也有不妥之處，因為生的食品一般難以引起人的食慾。

地大響起來。

當我經過一間專門售賣海產類的商店時，更食指大動。那裏最吸引我的是活生生的螃蟹，所以我就嘗試用手觸摸牠們堅硬的身體。想不到其中一隻竟然以雙螯牢牢地夾着我的手指，痛得我哭笑不得，多虧那店主的幫忙，我才脫險呢！

● 小孩子的好奇之心躍然紙上，詳細描寫被蟹夾手指的經過。

媽媽看見我痛苦的樣子，臉上卻露出了狡猾的笑容，原來她要買下那隻肥美而惡毒的大螃蟹回家，好讓我向牠進行「大報復」。雖然那隻螃蟹裝出楚楚可憐的樣子，不過，我是不會心軟的。我一邊想着，一邊對牠說：「哈哈哈！小魔怪，今晚我一定要把你吃掉，只怪你剛才對我無禮啊！」

● 以擬人法描寫螃蟹，並將自己堅定的「報復心」有趣地寫出來，流露出小作者的童心。

雖然那惡毒的螃蟹已經成為我們美味的晚餐，但是牠給我的「見面禮」卻永遠留在我的手指頭上。我想：下次到市場買菜，我也要跟螃蟹保持一定的距離，不要再讓牠們「有機可乘」。

● 首尾呼應。顯然，文首提到的「手指紅印」給小作者帶來了深刻生活經驗體會。

總評及寫作建議

　　全文生動有趣，吸引讀者閱讀。開首「每當我看見自己食指上的紅印時」更是令讀者又好奇又吸引，希望追看其因由。內容中段運用了擬人法，使作者與螃蟹的對立更分明，表現得活靈活現。小作者使用了「見面禮」和「有機可乘」這些正言若反的方式行文，亦能帶領讀者從另一角度去思考其中意味。

　　建議寫作時，注意留意心理感覺和現實相配合，注意描寫的真實性。

詞彙百寶箱

會心	觸摸	活蹦亂跳	哭笑不得
蟹肥魚壯	美味佳餚	楚楚可憐	不為所動
鎧甲堅硬	神氣十足	滑溜溜	縮頭縮腦
捉弄	仔細觀察	有機可乘	無動於衷

精句收集屋

- 小烏龜背着鎧甲，一副縮頭縮腦的樣子。
- 街市的海產攤檔上蟹肥魚壯；媽媽買了兩條鮮魚，晚上就將牠們變成了美味佳餚。
- 池裏的錦鯉披着華麗的鱗甲，在碧水中悠然地游動。

1. 龍蝦的 _____ 堅硬，舉起一對大鉗子，_____ 十足的樣子。

2. 無論我怎樣 _____ 這隻小烏龜，牠都 _____。

⑪ 澳門遊記

學校：保良局錦泰小學
年級：小六
作者：陳彥萱
批改者：本校老師

設題背景

　　配合教學中景物描寫的要求，訓練小學生景物描寫的技能。

寫作練習背景

1. 「移步換景」的寫作手法。按時間、路線順序寫出所見所聞。

2. 景物描寫。小學生描寫景物一般都較粗疏，本題要求學生能具體描寫景物，特別是將景物的特色寫出來。

習作正文

點評與批改

　　澳門是一個充滿拉斯維加斯色彩的城市。這兒除了有很多賭場外，當然也有不少旅遊勝地。

- 開首指明澳門的特色，並指出澳門亦有不少旅遊勝地，為進一步寫景拉開序幕。

　　三月五日，我來到大三巴區，欣賞聞名於世的大三巴牌坊。它是建成於十七世紀的聖保祿教堂遺跡。昔日，這座教堂發生了一場大火，火災過後，教堂只剩下一堵正

- 交代大三巴的歷史，讓讀者了解景點的來歷。

面的前壁，這就是今天著名的<u>大三巴牌坊</u>。牌坊上有很多精緻的聖像和浮雕圖案石刻。它是亞洲最偉大的天主教紀念碑，現今更被列入世界文化遺產。

我站在嵌花式的地板上，仰望六十八級石階上的<u>大三巴牌坊</u>，腦海裏浮現了一座令人感到莊嚴肅穆的教堂，不禁拿出照相機拍照留念呢！

● 定點的描寫，對建築物原貌進行想像，使讀者充滿遐思。

沿着石階往下走，來到<u>澳門議事亭</u>（市政廳）前地，其建築特色是以鵝卵石砌成旋轉圓形圖案。市政廳的南面是充滿古典建築風格的議事亭，裏面有一座十六世紀建造的圖書館；市政廳周圍的建築物屬典型的歐陸建築風格，充滿異國風情，其中以十七世紀白色建築的玫瑰聖母堂最具特色。忽然，我被一個小型的荷花池所吸引，看到池面中央有一對小戀人銅像，造型蠻可愛呀！

● 本段用「移步換景」的寫作手法交代景觀的轉換。

● 用排比句將市政廳內外情況描述得細緻入微。

● 小作者被荷花池及池中央的一對小戀人銅像所吸引，展現了童心，也喚起讀者的興趣。

　　我置身於這些古舊的建築物間，彷彿回到十六、十七世紀時代，穿上宮廷服裝，坐在馬車上觀光……

- 此段充分發揮想像力，將讀者的思緒帶往歷史的空間。
- 建議再加一結尾段，呼應首段，使文章更加完整。

總評及寫作建議

　　小作者運用了「移步換景」的寫作手法，按遊覽的路線，把觀察到的景物具體地描述出來，讓讀者有如旅客，跟隨着這名小導遊四處遊覽。文章末段，小作者把讀者帶進自己的幻想中，讓讀者體會到充滿懷舊色彩的澳門，有如童話世界那麼美麗。

　　應注意文章的完整和首尾呼應。這裏的建議是，增加一結尾段，將澳門遊總括一下，使文章更加完整和立體。

詞彙百寶箱

仰望	浮現	異國風情	風格
特色	風光迷人	引人入勝	秋風送爽
古樸	莊嚴肅穆	陶醉	觀光
遊覽勝地	聞名於世	典雅	雕樑畫棟

精句收集屋

- 來到<u>澳門</u>的<u>媽祖廟</u>，我知道了一個美麗動人的傳說。

- 登上<u>岳陽樓</u>，眺望遠處，四處景色盡收眼底。

- 不到<u>長城</u>非好漢。（熟語）

寫作練習坊

1. 今年暑假，我同家人去<u>巴黎</u> _____，參觀了
   _____ 的<u>巴黎聖母院</u>。

2. <u>蘇州</u>是一個 _____，園林 _____ 優美，
   市區風光迷人。

⑫ 媽媽生病了

學校：保良局錦泰小學
年級：小四
作者：楊煦妍
批改者：本校老師

 設題背景

　　父親或母親生病，對小學生來講是件害怕和擔憂的事情。小學生或許在照顧親人的過程中，懂得生活的不易和做家務的辛苦，事後他(她)成長了，更知體貼父母。本題目讓小學生寫出了這個過程中的真實體會。

寫作練習背景

1. 關於人物情況的敘寫，情節處理的能力。
2. 關聯詞的運用。

 習作正文

 點評與批改

　　上星期五，我放學回家的時候，看見媽媽伏在桌子上，臉上還流露出痛苦的表情。見到媽媽痛苦的樣子，我不禁害怕起來。我連忙打電話給爸爸，告訴他媽媽的情況。爸爸知道後，便吩咐我立刻陪媽媽到診所看病去。

● 以人物情況的描寫直接切入正題。看到媽媽病了，小作者第一反應是感到害怕，真實地反映了小學生的心理。

到了診所後，護士姐姐替媽媽探熱，原來媽媽發高燒，體溫竟達華氏一百零三度！一會兒，依次到我們進診室了，醫生替媽媽檢查後，對我說：「你的媽媽患上感冒，要多休息和多喝水，病才會痊癒。」接着，醫生開了幾種藥丸給媽媽服用。

回家後，我先扶媽媽上牀休息，然後才去做功課。不久，我做完了功課，趕忙替媽媽做家務。處理家務時，我終能親身感受到媽媽平時做家務時的辛苦。我想：以後要多些幫媽媽做家務。不知不覺間，已經是傍晚七時，爸爸也下班回來了，他的手上還拿着幾個散發着香噴噴味道的盒飯回來呢！

第二天早上，媽媽的病情好轉了，她還對我說：「謝謝你的照顧！」聽了她的話，我的心裏頓時覺得很溫暖，而媽媽也露出了一個<u>感激</u>的笑容。

● 小作者對事件情節描寫處理得很好。聽從爸爸的安排，小作者陪媽媽去診所看病，其過程描寫得有條有理。

● 此段關聯詞運用得很好。用關聯詞將小作者自己回家之後的活動有序地串聯起來。

● 暗示時間在自己作家務時很快過去，小作者讓讀者感覺到文中的爸爸是個慈父，在忙碌的工作中，還記掛着家庭。

● 得到媽媽的讚賞，小作者感到很溫暖，在整個過程中，讀者覺得她成長了。

● 此處用詞不準，「感激」一詞不用於母親對孩子表示情感，用「欣慰」來形容母親的笑容，更能準確地表達母親對懂事孩子的感情。

總評及寫作建議

文章段落清晰，小作者不但能有效地使用關聯詞交代事情的發展，而且能恰當地運用形容詞表達個人的感受。故事情節鋪排流暢，但署為簡單，如能在「打電話給爸爸」的情節中加入一些困難元素，寫作效果自會更佳；詳述「幫媽媽做家務」的辛苦，更可使讀者體會到小作者的心情。另小作者還須注意用詞的準確性。

詞彙百寶箱

着急	難受	擔心	萬分焦急	看望
捧着	遞給	不知不覺	茶飯不思	撫摸
欣慰	顧及	笑容滿面	疲憊	

精句收集屋

- 外婆生病了，我心裏很難受。我去醫院看她，送上我親手製作的慰問卡，外婆很欣慰。
- 媽媽做家務很是辛苦，於是我泡了杯熱茶遞給她。
- 誰言寸草心，報得三春暉。（唐詩《遊子吟》摘句・孟郊）

1. 每天爸爸拖着 _____ 身子下班回家,我都會

   _____ 給他一杯熱茶。

2. 這次考試我的成績很好,媽媽知道後, _____ 着我的

   頭,露出 _____ 的笑容。

⑬ 一道難忘的菜

學校：香港培正小學
年級：小五
作者：李倩彤
批改者：郭妙貞老師

？ 設題背景

　　媽媽做飯、做家務，在許多家庭中都是天經地義的事情。讓小學生能在媽媽做事的過程中，觀察到媽媽的辛苦和對家庭的付出，懂得報答媽媽的恩情，是本題的目的。

✏ 寫作練習背景

1. 順敘法的運用。用順敘法描寫日常生活中的瑣事，像家務等，容易寫成流水賬，趨於平淡，所以細節的描寫很重要，寫得的到位的話可以給讀者留下深刻印象。

2. 處理情節的能力。通過情節的描述和鋪排，最終帶出主題，可讓文章發人深省。

 習作正文

 點評與批改

　　今天是星期六，雖然媽媽放假，卻在廚房裏埋頭「工作」着。我本來應該專心地做家課，但在好奇心的驅使下，忍不住跑到廚房細看她做飯。

● 小作者點出媽媽在放假時還要做家務很辛苦，與結段「報答她的辛勞」互相呼應，也為記事文章加添了感情。

原來，媽媽正在做我最喜歡的「粉絲肉碎炒四季豆」。只見她把一碟摘去兩端的四季豆放進鍋裏，隨即傳出「沙沙……」的刺耳聲音，我打趣說這是四季豆的「呼叫聲」呢。幾分鐘後，她又加進早已煮熟的免治豬肉，繼續炒着。我閉上眼睛，用力嗅了一下，一陣香味撲鼻而來。看見媽媽熱得汗流浹背，我心想：唔，做飯可真不簡單！

> 四季豆原只是植物，然而作者透過想像力，把鍋裏的四季豆因受熱而發出的聲音擬人化成是「呼叫聲」，很有心思。

沒多久，媽媽端着菜出來了，我一看就樂了：四季豆和肉碎堆成一個錐體，極像一個堡壘；粉絲則像護城河，圍在「堡壘」的四周。這熱呼呼的菜，真令我垂涎三尺。我連忙從廚房拿出碗筷，迫不及待地嚐了一點四季豆和肉碎。哇！四季豆甘甜的汁液和肉碎的鹹味，像熔岩一樣湧進我的嘴裏。我又嚐了一些粉絲，既有嚼勁，又嫩滑。我一邊小口小口地吸吮着一條又一條的粉絲，一邊讚歎着媽媽的手藝。這道色、香、味俱全的菜，簡直是佳餚呀！

> 此處描寫得很傳神，比喻用得貼切，令一碟本來平淡的菜變得很吸引。

> 能把親身的感受細膩地描繪出來，令讀者好像正在和作者一起品嚐美食。

我長大後，也要做菜給媽媽品嚐，報答她的辛勞。

> 只是收尾收得太倉促，使文章顯得有些頭重腳輕，可多發幾句議論，則文章就更完整和具感染力了。

總評及寫作建議

面對記事文章，學生多感下筆困難，寫出來的內容亦常流於空泛，然而本文小作者運用了豐富的聯想力，寫出很多貼切、有趣的比喻句，又透過五感（視、聽、嗅、味、觸覺的感受）寫作法，寫成內容充實、活潑生動的篇章。其描寫的菜式不但令小作者難忘，也令讀者難忘。小作者在記物的同時亦抒發了感情，在結段説長大後也要做菜給媽媽品嚐，為文章添上溫馨的色彩。

建議結尾處多發些議論，寫多些自己的感想，讓文章內容豐富和立體起來。

詞彙百寶箱

驅使	賢淑	汗流浹背		垂涎三尺
熱呼呼	品嚐	讚歎	佳餚	迫不及待
香氣四溢	熱騰騰	滋味	無窮	油膩
端菜	烹調	飽餐一頓		津津有味

精句收集屋

- 在我的心目中，媽媽就是一個天才廚師，能做各式各樣的菜。大家吃過她做的菜，都會讚不絕口，期待再次品嚐。

- 雖然眼前只是一道平淡無奇的菜，但我卻能嚐到其中溫馨的味道。
- 母親任勞任怨，寬厚仁慈，在我遇到困難時總給我力量和勇氣。

1. 媽媽把剛煮好 ＿＿＿＿＿＿＿＿＿ 的菜分別用碟子盛好，弟弟便幫

    忙把它們拿到桌子上，香氣跑進我的鼻子裏，我真是

    ＿＿＿＿＿＿＿＿＿，偷吃了一口，「哎呀！」，原來我把辣椒放到

    了嘴巴裏。

2. 媽媽吃了我第一次做的菜，雖然味道 ＿＿＿＿＿＿＿＿＿，但媽媽

    仍吃得 ＿＿＿＿＿＿＿＿＿。

 14 爸爸走了

學校：香港培正小學
年級：小五
作者：黃正心
批改者：岑淑馨老師

? 設題背景

　　本文為記敘文練習，讓學生掌握人物描寫和借事抒情的寫作方法。至親的離去對小學生來講是人生最大之不幸；表達哀思、不捨和懷念之情的文章，可以舒解心中的悲痛，調整心情，幫助當事者慢慢返回現實之中。

✐ 寫作練習背景

1. 人物描寫的技巧。描寫的人物要具真實性，貼近生活而又可高於生活，這一尺度的把握是文章是否吸引人的關鍵。

2. 借事抒情的能力。借事抒情能表現事件對寫作者的影響程度及作者對此事的心理感受，但達到感人真摯且有度的效果並非易事。

☑ 習作正會

　　星期天，爸爸有點感冒，要在家裏休息，而媽媽則帶了姊姊去參加書法比賽，所以只剩下我和弟弟照顧爸爸。爸爸躺在沙發上，我和

✔ 點評與批改

● 首段描述了小作者與父親相處的最後一天，文筆簡樸，感情真摯，反映出小作者多麼珍惜這一天，亦流露出對生命的無奈。

弟弟在他身旁玩耍，有時給他端粥拿藥，有時跟他閒聊數句。這是平凡而溫馨的一天，也是我和爸爸共度的最後一天。那天晚上，爸爸因心臟病突發去世了。

爸爸為人慈愛寬大，但對我們的品格要求十分嚴格。雖然他工作很忙，但也常常陪我下棋，教我打乒乓球；他更常常向我述說各種有趣的事情，教會我不少知識，爸爸就是我學習路上的明燈。

爸爸是科學家。他最愛看書，而且每星期他都會買一大堆書給我們看。書的種類很多，如科學、文學、藝術等方面的書。媽媽常抱怨家裏沒地方藏書，但爸爸總是認真地說：「別小看這些書，它們全部都很有意思，是我精挑細選的。」如今，這些書成為爸爸留給我最珍貴的遺產，也是爸爸介紹給我最好的良師益友。

由於工作的需要，爸爸常常出差遠行，每次我都很掛念他，期盼

小作者開始倒敘爸爸生前的悉心教導，又將爸爸比喻成「學習路上的明燈」，表示對爸爸的尊敬。

從爸爸喜歡看書，繼而鼓勵小作者閱讀，最後書本成為爸爸留給他珍貴的遺產，藉此帶出對父親的衷心感謝，十分具體，很有意思。

小作者再次流露對爸爸的不捨之情，進一步深化主題。此處反覆使用

他快點回家。這次他的離去，我同樣地牽掛着他，然而他卻永遠也不會回來。親愛的父親啊！您永遠活在我的心中，永遠活在我的夢裏。

「活」字，反映小作者覺得爸爸的離去是十分突然的，小作者希望爸爸仍然活着，不忍接受爸爸的離去。

- 應在「親愛的父親……」處分段做總結。

總評及寫作建議

這是一個真實的故事，小作者的爸爸剛剛去世。小作者憶述與爸爸日常生活的點滴，突出爸爸的性格及對子女的關愛，全文真情流露。

小作者沒有講述爸爸逝世這殘酷事實帶來的震驚，更沒有描繪親人呼天搶地的反應，而是淡淡然地、簡要地述説爸爸離世這件事，然而這樣的處理更有韻味，令人留下深刻的印象，不禁對這個十歲小童寄予深厚的同情。而小作者成熟的筆調，亦為文章營造出哀怨的氣氛，觸動人心。

宜在「親愛的父親……」處分段作為結段，使文章層次分明。

詞彙百寶箱

慈愛寬大	牽掛	期盼	難過	捨不得
良師益友	安慰	遺憾	恍惚	叮囑
默默地	囉嗦	潸然淚下	指路明燈	生計
凝望	驀然回首	悄悄地	懷念	

● 放學了，我們在操場上排好隊伍。眺望遠方，我恍惚看見哥哥已站在學校門前等候着我，準備與我一起回家。聽到老師說：「解散！」我使勁地跑向門口，可是我再找不到哥哥。此刻我才醒過來——哥哥真的走了。

● 這名年屆花甲的老婦人，臉上滿佈像河流一樣的皺紋，見證過戰火和歲月的洗禮，我心裏希望她永遠不要走。

1. 在離別的一刹那，我們互相 _____，並答應長大後也會記着老師的 _____ 之恩。

2. 爸爸給我的印象是 _____ ，他的工作很 _____，在家並不多言，可是我知道，爸爸每天外出辛苦工作，都是為了我們過得更舒適。

⑮ 深海遊歷

學校：香港培正小學
年級：小五
小作者：梁卓芝
批改者：趙珏儀老師

 **設題背景**

　　同學已掌握寫作記敍文的基本技巧，擬設本題的目的是訓練學生選擇較引人入勝的題材去寫作，寫作的內容要緊扣主題，並可加入想像的元素。

寫作練習背景

1. 詳略得宜的敍事手法。
2. 修辭手法的運用。小學生運用修辭技巧，往往限於水平而未能表現出來，此類題目可訓練小朋友的修辭能力。

 **習作正文**

　　今天我在收拾東西時，無意間有一個圓形的盒子從抽屜裏跌了出來。打開盒子，看到裏面有一副潛水鏡，這不禁令我想起一件往事⋯⋯

　　一年前，我們一家人到<u>淺水灣</u>

 **點評與批改**

● 以潛水鏡勾起往事作為開場白，有引起下文的作用。

潛水。到達後，我們依着工作人員的指示，換上潛水衣，背着氧氣筒，戴上潛水鏡，小心翼翼地跳進海裏去。我們隨着導師下潛，神秘的海底四周都充滿生氣：魚兒有的在珊瑚裏玩捉迷藏，有的在比賽游泳，有的在尋找食物。當我們正在觀賞時，前面游來一尾大魚，牠正在舒適地讓醫生魚拔去身上的「頑疾」——寄生蟲。牠們慢慢地游去後，我們繼續前進。

● 使用不同而準確的動詞，以表達一連串的動作。

● 運用想像力，利用擬人手法描寫魚兒的活動，使文章生動起來。

不久，我們來到一個珊瑚礁，美麗的景色盡入眼簾，令人目不暇給。這裏不但景色美麗，而且是許多魚兒的安樂窩。當我正想游到後面去觀賞的時候，發現美麗的珊瑚礁後面竟是個垃圾堆！被毒死的魚兒屍橫遍野，我不禁驚呆了，再抬頭一望，原來上面是個沙灘，想必是人們每天都在沙灘上扔下垃圾。

● 描寫未受污染和受污染的環境的分別，直指人類破壞了美麗的環境，也破壞了自然生態。小作者運用對比手法去突出主旨。可再仔細一點去描繪眼前令人震驚的景象，以加強文章的感染力。

這次的潛水之旅令我獲益良多，並且使我明白由於人類的自私，以致糟蹋了一個清潔的海洋和許多的小生命……

● 小作者從一次潛水活動獲得啟發，藉此抒發內心的感受。

當我正想得入神的時候，媽媽如雷一般的聲音從廚房裏傳來：「卓芝，吃飯了，還不快來幫忙拿碗筷！」

● 回應開頭，小作者從回憶中回到現實。在此形容媽媽的聲音「如雷一般」是修辭上誇張的寫法。

總評及寫作建議

文章採用了插敍法，以小五程度來説是一個新嘗試，值得讚賞！文內語句暢順，詞彙豐富、生動，亦有運用修辭法，可見是用心之作。

小作者能從海底的垃圾堆、魚兒的屍橫遍野而醒悟到人類的自私，惋惜環境的被污染、生命的被摧殘，是深得環保教育熏陶所致，這亦是本文最使人感到驚喜之處。

小學生在寫作上多用詞或形容的語句幼稚。小作者可在這方面多下些功夫，多加改善，將來一定會在寫作方面有所作為。

詞彙百寶箱

污染	環保	珍惜	獲益良多	糟蹋	小心翼翼
驚險刺激	藍天碧海	波濤洶湧	歷歷在目	遨遊	
探索	壯闊的	混濁	色彩斑斕	漣漪	棲息

精句收集屋

- 只有親身體驗奇妙的海底世界，才會知道海洋孕育了無數珍貴的生物，了解海洋生態的重要價值，更能明白環境保育的迫切性。
- 我透過潛水艇圓形的窗戶窺探着這個神秘的水世界：七彩的珊瑚就像陸地上的花；正在珊瑚四周追逐的魚兒，好像蝴蝶在花叢中飛

舞；一羣發光的水母，載浮載沉地游動，好像掛在樹上的燈籠，隨風擺動着。

● 站在海邊一看，天連着海，海連着天，湛藍湛藍的海水一望無際。

寫作練習坊

1. 你知道深海是怎樣的嗎？有人説，海洋是個 _____ 的世界，到處是千奇百怪的生物，充滿 _____ 和生命力；也有人説，海洋是個 _____ 的世界，只有青苔和破船在海底沈睡，充滿死寂和悲哀。

2. 遊人站在用玻璃造成的「海底隧道」裏面，抬頭 _____ 各種魔鬼魚和鯊魚。此時，潛水員正在魚缸裏餵魚，這些 _____ 的魚就在潛水員的四周盤旋，看得我們 _____ 。

16 一件令我感到後悔的事情

學校：番禺會所華仁小學
年級：小三
作者：丁啟中
批改者：劉丹琼老師

設題背景

　　本寫作題目是三年級下學期的中文科寫作測驗題目，學生須根據題目要求寫作一篇不少於一百四十字的短文，限時三十五分鐘內完成。

寫作練習背景

1. 選材恰當。本文是一篇記事文章。寫記事的文章，要注意選材，應選取一件曾令你感到後悔的事情來敘述。

2. 倒敘法記敘往事。學生能掌握倒法來記敘生活的片段。

3. 修辭技巧的運用。檢視學生能否適當運用修辭技巧。

 習作正文

 點評與批改

　　每當我照着鏡子，看見額頭上那一道長長的疤痕時，我都會想起一件令我後悔不已的事情。

● 首段運用倒敘法引入主題，在鏡子裏看見額頭上的「疤痕」，令小作者想起一件後悔的事情。這樣入題能使文章曲折生動，有引人入勝的作用。

那天，爸爸帶我去公園裏學習騎自行車。他先教我推車，推了一會兒，我覺得很不耐煩，便說：「推車太簡單了，不如我們學騎自行車吧！」「但是推自行車是騎自行車的基礎啊！怎能不學呢？這樣太危險了。」爸爸說。

第二、三段透過對話表現了人物的性格特徵。小作者對學習騎自行車表現得沒有耐性，襯托出爸爸教導的耐心。

我不甘示弱地說：「但是推自行車實在太簡單了。」爸爸聽我這麼說，只好用手握緊自行車的後坐，陪着我慢慢地騎。過了一會兒，我又覺得這樣騎太容易了，應該在爸爸面前大顯身手，便叫爸爸放開手。

「後坐」的正確寫法是「後座」。

於是，爸爸把手放開了。他剛放開手，我和自行車便飛快地向前衝。「我學會了……」誰知，我還沒把話說完，便失去了平衡，一頭撞向一棵大樹，摔倒在地上，額頭不停地流血，爸爸立刻送我去醫院急救。

段落之間的過渡自然，連接詞的運用恰當。

此段的原文有三個錯別字。注意「衝」、「衡」和「醫」字的筆畫。

結果，我的額頭上留下了一道長長的疤痕。這道疤痕時刻都在提醒我別再做後悔莫及的事。

結尾和文章開頭互相呼應，令結構更完整，主題更明確。

總評及寫作建議

　　我們寫文章前要審題，通過審題弄清楚題目的規定、取材範圍、文章中心、寫作重點等，再選材，然後動腦筋佈局，仔細想一想，文章究竟該怎樣表達、怎樣敍述，先說甚麼、再說甚麼、最後說甚麼。這樣寫出來的文章才會有條理、有層次，才能做到言之有序。

　　以本文為例，題目是「一件令我感到後悔的事情」，審題時千萬別放過題目裏的任何一個字，抓住「題眼」（「題眼」是指題目的範圍、重點和要求），找出了「題眼」，也就找出了題目的關鍵所在。本題目的「題眼」是「後悔」，其次要注意的是「一件」這個詞語，文章要求寫的是一件事，不是兩件事、三件事……如果記述了幾件事情，那就不切題了，即使寫得再流暢，再生動，也是白費力氣。

　　小作者在審題、選材和佈局上下了功夫，還能運用倒敍手法，以簡潔的文字引入主題，把事情的起因、經過、結果和感想有條理地記述。末段能呼應首段及題旨，加深讀者對文章中心思想的理解，給人留下難忘的印象。

　　至於修辭方面，本文除在第二段運用了反問外，沒有運用其他的修辭技巧。建議小作者多嘗試運用不同的修辭技巧，如可用比喻法描寫額頭上那道長長的疤痕，以潤飾語句，令文章更生動。

　　小作者文筆流暢，用詞頗佳，惟有少量錯別字出現，如第三段的別字和第四段的錯字。但對於一位三年級的學生來說，能在測驗時在有限的時間內寫作此文，**實屬難得的佳作**。

 詞彙百寶箱

疤痕	後悔不已	耐煩	基礎	危險
簡單	不甘示弱	容易	飛快	大顯身手
平衡	後悔莫及	額頭	摔倒	時刻 提醒

 精句收集屋

- 每當我照着鏡子，看見額頭上那一道長長的疤痕時，我都會想起那件令我後悔不已的事情。

- 這道疤痕時刻都在警示我別再做粗心大意的事情。

- 吃一塹，長一智。（熟語）

 寫作練習坊

1. 我們不要錯失任何一個學習的機會，以免將來 ＿＿＿＿＿＿＿。

2. 我們要打好寫作的 ＿＿＿＿＿＿＿，才能把文章寫好。

17 一次收禮物的經過和感受

學校：番禺會所華仁小學
年級：小六
作者：鄧智樂
批改者：李翠儀老師

 **設題背景**

　　學生從小到大有很多收禮物的經驗，尤其是在生日及聖誕節的時候，他們都會收到不同的禮物，在收禮物的過程中一定有些很深刻的經歷。本題目讓學生記敘下來收到禮物的感受。

 **寫作練習背景**

1.掌握記敘文中抒發情感的技巧。

2.清晰而真實地描寫自己的感想和感情。

 **習作正文** | **點評與批改**

　　我向來成績很好，但這次的測驗成績卻……當媽媽看見試卷上那「殘酷」的分數，她不但沒有責備我，反而向我說：「兒子，不要灰心，做人要勝不驕、敗不餒。成功

- 首句簡單而直接地交代事情發生的背景，並以省略號作結，讓讀者自由想像成績是何等的「殘酷」。

- 小作者由媽媽語重心長的話帶出文章的主題。

不是必然的，發明家<u>愛迪生</u>也是經過很多挫折和失敗才成功的。」我看着她的背影，深深感受到她對我的體諒、關心……或許，這句話就是她送給我的禮物吧！

    自此，我心裏老是想那一句：「兒子，不要灰心……」媽媽的話，成為我努力的原動力。不久，派發第二次測驗，我的成績明顯進步了，<u>媽媽和我都感動得流下一滴的淚水</u>！

    雖然媽媽給我的禮物只是一句話，但它激起了我的奮鬥心，也見證了媽媽對我的體諒和關心，我感到無比幸福。

● 引用<u>愛迪生</u>的事跡來說明成功是需要經過很多挫折和失敗的。

● 媽媽的體諒、關心和鼓勵變成了小作者努力的原動力，所以小作者的成績進步了，這全是因為媽媽的那句話。

● 此處描寫得不當，可改為「媽媽和我都高興得流下淚水」。

● 末段呼應主題，小作者重申那份禮物對自己具有何等重大的意義，也說明了母愛的偉大。

總評及寫作建議

　　全文分為三段，內容雖然不算豐富，但卻出人意表，因為大多數學生記述所收到的禮物是一些玩具或其他禮品，然而小作者的禮物卻與眾不同，竟是媽媽的一句話。

　　小作者以媽媽的一句話貫穿全文，多次點題，首段的最後一句：「或許，這句話就是她送給我的禮物吧！」以此點題，並引出下文；第二段「我心裏老是想那一句」、「媽媽的話，成為我努力的原動力」；第三段重複點出「雖然媽媽給我的禮物只是一句話」。小作者這樣反覆點題的目的是為了更鮮明、更突出地表現主題。

　　小作者以樸實的文字、簡潔的語句揭示主題的內涵，表達及歌頌媽媽的愛。文章絮絮而談，情真意切，讀來親切可信，而且結語再次點題，含義雋永，再次體現了媽媽對小作者的體諒和關心。

　　此處的建議是，要注意描寫心理活動時用語和用詞。例如小作者「媽媽和我都感動得流下一滴的淚水」，就寫得不符實情，其中「感動」應改為「高興」，「一滴的淚水」應泛寫，改為「淚水」。

詞彙百寶箱

殘酷	責備	必然	挫折	失敗
成功	或許	體諒	灰心	明顯
奮鬥	激起	見證	無比	幸福

- 她不但沒有責備我，反而向我說：「兒子，不要灰心，做人要勝不驕、敗不餒。成功不是必然的，發明家愛迪生也是經過很多挫折和失敗才成功的。」

- 雖然媽媽給我的禮物只是一句話，但它激起了我的奮鬥心，也顯示了媽媽對我的體諒和關心，我感到無比幸福。

- 失敗是成功之母。（熟語）

寫作練習坊

1. 雖然這次考試我們成績不好，但這個 ＿＿＿＿＿＿＿ 給了我教訓，亦 ＿＿＿＿＿＿＿ 我的鬥志，我決心下次考出好成績。

2. 成績和努力往往成正比，不用功學習 ＿＿＿＿＿＿＿ 不會取得 ＿＿＿＿＿＿＿ 的進步。

18 小學第一天上課

學校：番禺會所華仁小學
年級：小六
作者：周宏鎰
批改者：廖潔玲老師

？ 設題背景

　　學生快要小學畢業，離別在即，他們都表現出難捨母校之情。擬設本題目是讓六年級學生在小學階段完結前，回憶他們當初踏入小學第一天上課的情形。

寫作練習背景

1. 倒敘法的運用。此題目測試學生熟練地運用倒敘法的能力。

2. 借事抒情。記敘文以記事為主，學生往往把事情講完了事。實際上處理好事情和抒情間的關係，使讀者從作者的情感得到共鳴，並非易事。

 習作正文

 點評與批改

　　現在，我是個六年級的學生，快要完成六年級的小學階段，離開小學的校園。回想起小學的第一天上課，印象很模糊，但也有些零星片段，令我忘不了……

- 首段用了倒敘法帶讀者從六年級走回一年級的情景，令人回味。

- 「完成小學階段」便可以了，可刪去「六年級的」。

　　記得第一天上課，看見新的校園、新的老師和一張張陌生的臉，我不寒而慄。害怕接受新環境的我，不知如何是好，只好躲在媽媽背後，偷偷地哭。媽媽滿心歡喜地陪我去學校，目的是分享我第一天上學的喜悅，換來的是我的一聲聲不願意，她當然十分擔心。她努力讓我<u>平服</u>心情，帶我去看小食部，又帶我到繩橋架，當時學校還沒有圖書館，我還記得那裏有一座攀登架。那時的我努力去喜歡這個新環境，但當鈴聲一響，要離開媽媽到禮堂集合時，我的眼淚便不受控地流出來。媽媽在操場撐着笑容，我卻裝不出笑臉，只想媽媽立刻帶我回家，可惜一切未能如我所願，最後只好跟着大隊上課室……

　　那年的班主任是<u>吳</u>老師，她有可親的臉孔和甜美的笑容。

　　記得那天好像只派了通告和時間表，便放學了。那天<u>上課的時候</u>雖然很短，但對於我來說，是很漫長。

　　第一天上課算不上是愉快的一天，但已叫我難忘！

能把媽媽和自己的心情作一個對比，雖然用「不寒而慄」好像有點誇張，但正好帶出小作者非常恐懼。

動詞「平服」做「服氣」之意，此處應用動詞「平復」才正確。

小作者寫班主任是一個可親的人以暗示自己不害怕，但其實最好能明寫出來。

建議將第三和第四段合為一段。

「上課的時候」應改為「上課的時間」。

首尾呼應。首段說「令我難忘」，末段說「叫我難忘」。

雖然本文並沒有精雕細琢，只是平實地記敘了第一天上課的情形，但卻帶出了母愛的偉大。故本文之美不在文筆詞藻上，而是在它能把小作者的情感表達出來，使人覺得很平實，好像在那裏跟我們聊天似的，娓娓道來，讀來琅琅上口。

當然，如果小作者能加強描寫老師和藹可親的形象，令自己成為一個不怕上學的小孩，則更完美。

另外建議小作者注意用詞的準確性，平時多翻查字典、詞典，留意字詞的用法，會對自己有很大的幫助。

印象	陌生	漫長	模糊	偷偷
零星	撐着	難忘	臉孔	平復
愉快	喜悅	分享	不寒而慄	滿心歡喜

- 回想起小學的第一天上課，印象很模糊；但也有些零星片段，令我忘不了……
- 那年的班主任是吳老師，她有可親的臉孔和甜美的笑容。
- 那天上課的時間雖然很短，但對於我來說，是很漫長。

1. 小學六年中，我 ＿＿＿＿＿＿＿ 最深刻的，就是小學五年級那

   個 ＿＿＿＿＿＿＿ 的夏令營。

2. 小學第一天上課，我 ＿＿＿＿＿＿＿＿ 地望着班主任

   ＿＿＿＿＿＿＿ 的面孔，感到有些害怕。

⑲ 六年小學生活的回憶

> 學校：聖公會呂明才紀念小學
> 年級：小六
> 作者：孔祥謙
> 批改者：呂玉霞老師

❓ 設題背景

　　學生快要小學畢業，離別在即，他們都表現了難捨母校之情。擬設本題目是讓六年級學生在小學階段完結前，寫出幾件難忘的事情，藉此表達個人對這階段的感受，並檢討六年小學生活以作總結。

✏️ 寫作練習背景

1. 選材恰當。寫記事的文章，要注意選材，應選取一些印象深刻的事情來描寫。

2. 倒敍法記敍往事。學生能掌握倒敍法來記敍小學生活的片段。

3. 修辭技巧的運用。檢視學生能否適當運用修辭技巧。

 習作正文

 點評與批改

　　小學生涯只剩下兩個月，我覺得自己過得十分充實。光陰似箭，六年來的生活就像童話一樣美妙。

● 首段運用了兩個比喻：以「箭」比喻「光陰」過得快；以「童話那麼美妙」比喻「六年的小學生活」，充分表達小作者十分享受小學的生活，並有引起下文的作用。

六年來的趣事多不勝數，其中最深刻的，要算這幾件事。四年級的時候我代表學校參加了英語詩朗誦及講故事比賽，均獲取獎項，當時我班的老師和同學都讚揚我的表現。到了六年級的時候，我們參加了生活教育營，全因那幾天，我班的友誼增進了一大步。如果沒有這教育營，可能我畢業時就沒有一個女同學與我稱得上是朋友了！還有一件重要的事：我班代表學校參加了校際籃球比賽，打入了八強，而我亦是隊員之一，雖然我們沒能為我校取得三甲之殊榮，但我們已盡了力，也不會後悔！最後我要講講我的「兄弟」，他們就是黃銘健、李晉德和王家權。他們與我志趣相投，聊天的話題自然特別多。我希望畢業後繼續與他們保持聯絡。

我非常感謝我的老師，她們的教導令我的成績突飛猛進。人常說：「一寸光陰一寸金，寸金難買寸光陰。」我想自己也善用了很多「寸金」，沒有枉費老師的心血。

● 先交代了六年來的趣事有很多，然後選取四件印象最深刻的事情詳細記敍。運用簡潔的文字將幾件深刻的事情清楚交代，乾淨利落。但小作者未能準確用詞，例如，所選取四件事情並非全都是「趣事」，故修改為「六年來的難忘回憶多不勝數」更為恰當。

● 宜在「還有一件重要的事……」處分段，使文章結構更為完整。

● 「講講」是口語，應修改為書面語「談談」。

● 末段小作者運用諺語去引申自己已善用了六年的光陰，並以「寸金」表示光陰，用詞詼諧巧妙，對小學生涯作了一個總結，並回應首段「我覺得自己過得十分充實」，收首尾呼應之效。

總評及寫作建議

　　寫記事的文章，要注意選材，我們應選取一些難忘或重要的事件詳細描寫。本文章所記的事，雖然只是一些看似瑣碎而又平凡的校園片段，但卻能反映出小作者是如何享受小學的光陰，以致點滴的回憶也能在他的心頭留下深刻的印記。這點足以證明小作者選材恰當。此外，記事的文章着重將事情交代清楚。小作者先在文章開端敍述六年小學生活即將完結，然後運用倒敍手法，以簡潔的文字，有條理地把幾件事情順序記述。可見小作者能掌握以倒敍法寫記敘文的技巧。

　　至於修辭方面，小六學生應已學習運用不同的修辭技巧。但細看本文，除比喻法外，欠缺其他技巧的例證。建議同學多嘗試運用不同的修辭技巧，以潤飾文章，避免文章平鋪直敍。

　　小作者文筆流暢，然而文章出現用詞不準確(第二段的「趣事」應改「難忘回憶」)及口語 (第二段的「講講」，書面語應是「談談」)的毛病。但對於一位小學六年級的學生而言，此篇文章已是一篇佳作了。

詞彙百寶箱

光陰似箭	美妙	殊榮	志趣相投	善用
突飛猛進	讚揚	充實	刻骨銘心	和藹可親
真摯	雀躍	歷歷在目	一瞬間	溫馨

 精句收集屋

- 小學六年的時間是有限的，但這六年的快樂卻是永久的。

- 老師的愛、同學的友誼豐富了我的童年生活，使我過得無比充實！

- 玉不琢、不成器，人不學、不知義。（《三字經》摘句）

 寫作練習坊

1. 即將小學畢業了，我 ＿＿＿＿＿＿＿＿ 老師的關愛、同學的友情

   和校園的一草一木，感到 ＿＿＿＿＿＿＿＿ 不捨。

2. 我雖然 ＿＿＿＿＿＿＿＿ 中學生活，畢竟那將是學生生涯的一個

   ＿＿＿＿＿＿＿＿ ；但小學經歷的一切讓我 ＿＿＿＿＿＿＿＿ ，

   那些幸福時光是老師和同學們的共同回憶。

⑳ 我最喜歡的神話人物

學校：聖公會呂明才紀念小學
年級：小六
小作者：莊敏鈴
批改者：汪光海老師

❓ 設題背景

　　題目的設計是配合教學單元——從我們祖先的神話中學習描寫人物的方法，希望學生實習和鞏固單元內容裏寫人物的方法。

✏ 寫作練習背景

1. 能順敍並適當選擇材料，記述事情和描述人物。用詞恰當，對神話人物容貌、身材、服飾等進行描寫，讓讀者留下深刻印象。

2. 可記敍完整的事件，反映神話人物的行為，或選取具代表性的事件細節進行描寫，以表現人物的特性和作品主題。

✅ 習作正文

　　神農氏是我最喜歡的中國神話人物。他的外表異常奇特，竟然擁有一個透明的肚子，可以看見胃裏所發生的事情。

　　《神農嚐百草》中，神農氏為了讓族人可以分辨出有益和有害的

✔ 點評與批改

● 首句直接入題。接着在主角眾多的特徵中選取「透明的肚子」來描寫，引起下文。

● 講述神農氏為了族人而「嚐百草」。敍述明瞭有序。

植物，他不怕艱辛盡嘗各種植物，並利用自己透明的肚子觀察吃下的植物在身體內的變化，然後將它們分門別類，令族人知道植物的藥性而有所取捨。

神農氏「嘗百草」的過程中曾多次「誤吃」而中毒，甚至徘徊於死亡邊緣，但他仍然無視中毒而帶來的痛苦甚至死亡，繼續為族人完成未了的工作。但是，不幸的事終於發生了，有一天，他如常「嘗百草」，沒想到其中一種植物含有劇毒，令他服後肝腸為之寸斷，最後吐血身亡。

- 進一步講述神農氏「嘗百草」遭遇到不幸的事情，甚至因此而死亡。
- 此句為病句，應改為「但他仍然無視中毒而帶來的痛苦、甚至將或引致的死亡」。

他雖然不幸犧牲，但他所做的工作令族人知道植物的毒性，救了很多族人的生命。這種「燃燒自己，照亮別人」的精神很值得我們學習，也是我最喜愛他的原因。

- 神農氏的高尚的品格，為小作者所敬佩。

總評及寫作建議

　　文章沿敍記敍文的形式，從原因、經過和結果而順序展開。小作者在選材方面十分集中，只就「嘗百草」一事着墨。文章段落分明，遣詞尚妥貼，首尾見呼應。

　　文章有待加強的地方，在於敘述過於平直，主角<u>神農氏</u>稍欠立體感。由於<u>神農氏</u>「嚐百草」對很多讀者來說是耳熟能詳的故事，要能在讀者熟知的故事翻陳出新並不容易。可將神化和平面化了的<u>神農氏</u>拉回人間，了解到他也怕辛辣的東西，也怕苦的東西，更怕死亡，但他還是要「嚐百草」。小作者如在此處着墨，可突顯<u>神農氏</u>內心也有矛盾，也有恐懼。<u>神農氏</u>因而更具人性和立體感，文章可讀性則更高。

　　另外注意語句邏輯的正確性，事性的前因後果是有密切聯係的，<u>神農氏</u>多次中毒引致的只是痛苦而並未死亡，死亡只能是或會發生的一次性事件；小作者的病句讓人感覺到<u>神農氏</u>已是多次死亡了，這是不合邏輯的。

　　整體而言，文章尚算中規中矩，段落分明，敘述見條理。其中尾段以<u>神農氏</u>「燃燒自己，照亮別人」作結，呼應前文，頗見小作者用心。

奇特	異常	擁有	艱辛	艱苦	觀察	形狀
變化	分門別類	取捨	徘徊	繼續	精神	

精句收集屋

- 春蠶到死絲方盡,蠟炬成灰淚始乾。(唐詩《無題》摘句 • <u>李商隱</u>)
- <u>魯班</u>仔細觀察了草葉的形狀,發明了鋸。
- <u>愛迪生</u>的故事使我認識到,要取得優異的成績必須付出艱苦的努力。

寫作練習坊

1. 蜻蜓的樣子很 ＿＿＿＿＿＿＿＿：一對圓圓的突出的大眼睛,細長的身體上長着 ＿＿＿＿＿＿＿＿ 翅膀。

2. <u>阿明</u>仔細 ＿＿＿＿＿＿＿＿ 了蝴蝶標本的 ＿＿＿＿＿＿＿＿,然後把它畫了下來。

21 西區漫遊

> 學校：聖公會呂明才紀念小學
> 年級：小六
> 作者：歐美欣
> 批改者：姚進享老師

設題背景

　　學生就讀於一所<u>港島西區</u>的小學，故希望學生對<u>香港西區</u>的歷史、古跡、建築物，文化及商業活動有所認識，<u>並提升其對本區的歸屬感</u>，進而建立愛區、愛港的情操。本文藉跨學科專題研習，為參加學校的「全方位學習日」活動後的跟進習作之一。

寫作練習背景

1. 鞏固遊記的寫作手法，包括步移法、整體到局部的描寫手法。「走出課室」，讓學生對自己所住的社區作深入的觀察和探討。

2. 細心觀察的能力。訓練學生以敏銳的觀察能力、留意周遭的人和景物。

3. 運用各種修辭技巧。學生能夠運用比喻、擬人等修辭手法去描寫景物，最後融情入景，抒發自己對本區的感受。

　　十月十三日是我們六年級進行跨學科專題研習的日子。我們前往中西區進行實地考察，參觀那裏的名勝古跡。今次專題研習的目的是讓我們能深入了解中西區的名勝、搜集相關的資料、製作專題研習冊……

　　在歡聲笑語中，我們不知不覺便到達了第一站的目的地——合一堂。合一堂已經有一百多年的歷史，是一座莊嚴宏偉的教堂。

　　然後，我們途經陡峭的樓梯街。老師叮囑我們要扶着扶手，小心翼翼地下梯級；不要爭先恐後，要一個跟一個，不可推撞。我們沿着筆直的樓梯街往下行，一邊拍照，一邊說笑。一會兒，便到達中西合璧的香港醫學博物館。這座博物館除了介紹香港的醫學發展史外，還創新地把中西方病理來作比較呢！

　　參觀完博物館，我們便到達由紅磚建成的中華基督教青年會。我們從

首段開宗明義，寫出參觀的目的、時間、地點、人物和活動。先總寫，後才分寫途中的各種景物。

宜在「今次專題研習的……」之前分段，因已進入另一層意思。

用步移法作局部描述，按照一定的空間順序依次記述。由合一堂出發，途經樓梯街、香港醫學博物館、中華基督教青年會和摩囉街，最後以文武廟作尾站完結。全文有條理地作順序描述，由上至下，依次記敘，簡單介紹了中西區文物徑的歷史建築物的特色。

小作者把眼前的景物全部描寫下來，具體形容了景物的外形和

簡介中獲悉，現在的青年會是為弱智人士提供服務的。

不一會兒，我們走過摩囉街。我覺得摩囉街仿如一個「雜架攤」，那裏有古董、瓷器、古代的金幣售賣，琳瑯滿目，真令我大開眼界！

最後，我們便到文武廟參觀。文武廟是香港著名的廟宇之一，供奉文昌帝君及武帝，歷史也十分悠久哩！文武廟像一位沈穩的長者，守護着中西區的文物歷史。

這次跨科專題研習令我增長不少見聞。原來中西區有許多歷史悠久的地方，但是我過往是從未到過的。當中令我最難忘的是摩囉街和一間舊式的理髮鋪。摩囉街——有很多懷舊的東西，令我感到新奇和驚喜；理髮鋪——不像現在的髮型屋那般高貴優雅，具有獨特的香港地方特色。這兩個地方令我好像走進了時光隧道，體驗到早期的中西區市民的生活模式、衣着……

吸引之處。其中一些歷史悠久的建築物的典故，亦有作簡畧的交代，令文章有點有面，主次分明，詳畧安排亦得宜。

「雜架攤」是香港的地道方言，用來形容林林總總、琳瑯滿目的物品，確是十分貼切。

運用明喻與擬人法，突出文武廟在中西區所扮演的歷史角色，適當地加入作者的感受。

小作者親臨中西區文物徑，對周遭的事物充滿好奇與陌生，那份對「故」、「舊」之情，溢於言表。尾段，小作者抒發遊覽後的感受，他鍾情於古舊的摩囉街與舊式理髮鋪，融情於景，彷彿置身時光隧道，古今穿梭。

總評及寫作建議

　　這次參觀教學活動，學生都顯得興致勃勃，不但投入觀察，而且能在文章中細緻描寫多種景物，並能抒發個人的感受。小作者能運用先總寫後分述的組織方法，有條不紊地作出描述。從「面」到「點」，緊緊抓住文章中心，將途中無關的景物去掉或作簡略交代。

　　此文寫來一氣呵成，自然流暢，詞彙和內容亦十分豐富。修辭方面，比喻和擬人法可多用一些，令文章較為生動，亦可加強建築物的「立體感」。

　　學生寫遊記，其困難的地方是很難取捨材料。由於途中所見所聞實在太多，所以學生應懂得詳寫和略寫的技巧，選取重要或值得寫的地方多下筆墨，次要的可刪除或作略述。寫作時，切記先總寫後分述，點面結合，那就會令讀者留下深刻的印象。此外，按照一定的空間順序依次描寫，把景物寫得完整清楚，讓讀者一目了然。古人云：「登山則情滿於山，觀海則意溢於海。」只寫景物的外表，則缺乏神髓，所以，一定要融情入景，或借物抒情，文章就能生色不少。

詞彙百寶箱

莊嚴宏偉	陡峭	琳瑯滿目	沈穩	筆直	美不勝收
佈局得體	景色	時光隧道	浮想聯翩	金碧輝煌	
斷壁殘牆	新奇	修葺一新	格調清雅	大開眼界	

 **精句收集屋**

- 秦兵馬俑令我浮想聯翩，好像將我帶進歷史的時光隧道。

- <u>圓明園</u>的斷壁殘牆提醒着我們不要忘記歷史的教訓。

- 早春二月的江邊景色，美麗迷人。

寫作練習坊

1. 這次的工藝品展銷會，真是 ＿＿＿＿＿＿＿，美不勝收，讓我

   ＿＿＿＿＿＿＿。

2. 聽爸爸講，故鄉的祖屋已被 ＿＿＿＿＿＿＿，暑假時他會帶我回

   去看一看。

22 除夕夜倒數記

學校：聖方濟各英文小學
作者：張文睿
年級：小六
批改者：阮椿堂老師

 設題背景

配合學生實際生活經驗，鞏固其寫作記敍文的技巧。

 寫作練習背景

1. 審查學生對寫作記敍文的基本認識。

2. 鍛煉學生細心觀察的能力，並將所得有序地組織敍寫出來

 習作正文

「喂！快醒醒！」我被好友搖醒了。揉了一揉眼睛，睜眼一看：呀！原來我身處一輛巴士裏，巴士外人山人海，十分熱鬧。定下神後，望了一望手錶：啊！已經是<u>午夜十一時</u>了！我想了一想，記起原來今天是除夕夜！

 點評與批改

● 文章從自己的處境入手，點明今天是除夕夜的主題。

● 此處用「午夜」不當，「午夜」是指夜裏十二時前後，夜晚十一時應用「深夜」形容才對。

一瞬間，我知道了自己身在銅鑼灣，而跟好友來的目的，就當然是參加一年一度的倒數行動了。

> 這段扼要地點出活動的地點及目的，條理分明。

想着，想着，我們已步下了巴士，朝人羣走去。

一路上，人多得數之不盡。有些人捧着照相機；有些人則圍作一團，高聲談笑；有些人就播放嘈雜的音樂；有些人便像我們一樣，東鑽鑽、西走走，不斷尋找有利位置。

> 此段以排比的修辭手法，寫人物的活動情況，井然有序。

我們好不容易才靠近那裝有熒幕的商場。我抬頭一看，只見十個印有一至十的數字的大蘋果顯示在熒幕上。我低頭一望手錶，看見分針已經指向數字「九」。咦！原來還有十五分鐘便開始倒數活動了。

> 這一段寫得很零碎，也未能承接上一段發展，寫周遭人事的活動情形。

我見還有少許時間，便打開背包，拿出小食跟朋友一起分享。忽然，羣眾開始起閧了。究竟發生了甚麼事，令他們舉起兩手，不斷揮舞？我跳高一看，發現原來是新聞

記者在報導現場情況，所以有人便爭先恐後「上電視」。

這時，一陣風吹來。一粒沙石飛進我的眼睛，令我不得不緊閉雙眼，用毛巾把它弄出來。正當我抹眼睛時，四周爆發出熱烈的叫聲：「十、九………」我趕緊睜開眼，一邊望向熒光幕上那些蘋果，一邊隨着羣眾高聲歡喊：「七、六……三、二、一！」這時候，羣眾發出沸騰的歡呼聲，連附近走過的汽車也在發出「呠、呠」的聲響，以示祝賀。

新的一年到了！

新的一年，意味着新的開始。在這新的一年，我們能像倒數時那樣快樂，活出生命的意義嗎？

結尾部分運用了問句，寫出作者對來年的展望，表達出他對生命的看法——要活得精彩！這是本文最值得欣賞的一段。

總評及寫作建議

　　記敘文是描寫人、事、景、物情形的文體，情形常常是自己親身經歷過的，或是耳聞目睹的事實，可運用一邊作靜態、一邊作動態的描繪手法來寫。

　　這一篇記敘文，先寫往目的地時的情形，接寫身歷其中的所見。敘述流暢、乾淨利落，段落也分明。此外，作者也運用了一些修辭手法，例如第四段中的排比；運用了對偶的「東鑽鑽、西走走」等，也令文章生色不少。但內容方面，則比較平淡無味，未能讓人感受到那種熱鬧的倒數氣氛。好像：環境是如何的擠擁？人羣等候時的心情是焦躁，抑是歡樂？他們面上流露的表情又如何？如果能作多角度的敘述，文章的可讀性會較高。

　　記敘文是記述人和物的狀態及性質的文章，所以應當以經驗為依據。惟若學生真的未有有關經驗，有時也不妨根據想像作假設的記述。不過，憑空想像，要有相當的經驗或參考書籍作根據，以免失真。

　　此外，寫作記敘文時，尤以記事為主的，學生們有許多的寫作材料，可是，一寫下來，一般都會流於記賬式的平鋪直敘。要改善這問題，得在選材上加以留意，摒棄那些不適合題目的或過於瑣碎的材料。

詞彙百寶箱

爭先恐後	人山人海	圍作一團	沸騰	午夜時分
華燈初放	默默地	狂歡	屏氣凝神	回味無窮
歡聲雷動	火樹銀花	不夜天	熱鬧非凡	歡呼雀躍

 精句收集屋

- 新年的鐘聲敲響了，整個<u>鐘樓廣場</u>上人潮頓時沸騰起來，人們歡呼雀躍，慶祝新的開始。

- 那天，我和爸媽去了<u>中區</u>的嘉年華會，享受了一天美妙絕倫、回味無窮的精彩時光。

- 新年帶來了新希望，我決心在新的一年中學業上更上一層樓。

寫作練習坊

1. 國慶節的 <u>海洋公園</u> ，＿＿＿＿＿＿＿＿＿＿ ，到處充滿

＿＿＿＿＿＿＿＿ 。

2. 新年就要來臨，我屏氣 ＿＿＿＿＿＿＿＿ ，望着鐘樓上大鐘的指

針，跟隨心中 ＿＿＿＿＿＿＿＿ 地倒數着「三、二、一」，突然

＿＿＿＿＿＿＿＿ ，新年到了，人們歡呼雀躍。

23 盧山真面目

學校：聖方濟各英文小學
作者：曹譯云
年級：小六
批改者：阮椿堂老師

 設題背景

　　學習利用「步移法」寫作遊記。學生出外旅遊經歷的親身感受，正是絕好的「步移法」寫作素材。

寫作練習背景

1. 審查學生對「步移法」的掌握。「步移法」是我們常用作寫遊記的一種方法。所謂「步移法」，就是沒有固定的立足點和觀察點，一邊走，一邊看，把看到的景物依次描寫下來。而運用「步移法」，要注意以下三點：一、要交代清楚立足點的變換；二、要抓住景物的特徵進行描寫；三、從不同立足點看到的景物應各具特色，而各局部景物合起來又要能反映出描寫對象的總面貌。 ★

2. 練習寫景的方法。

 習作正文 ✔ 點評與批改

　　去年聖誕假期，我和爸爸媽媽參加了一個旅行團，目的地是<u>中國</u><u>江西</u>。這次旅程令我印象最深刻的是到<u>騰王閣</u>和<u>盧山</u>參觀。

　● 開宗明義，點明遊覽的地方。

在旅程的第一天，我們隨着導遊來到江南三大名樓之首的騰王閣。騰王閣始建於唐代，重修後的騰王閣，連地下室，樓高九層，佔地約四萬七千平方米。騰王閣裏的迴廊寧靜古樸，高貴典雅；天花的瓦片五顏六色，燦爛奪目，兩者對比強烈，卻出奇地協調。

第二天，我們前往最主要的景點——盧山，在山腳我已發現四周古樹成蔭，山路崎嶇，不斷向上伸延。沿路兩旁都是懸崖峭壁，稍有不慎便會跌落無底深淵。我們的旅遊巴士像一隻大烏龜般慢慢向上爬，非常吃力。經過一段迂迴曲折的山路，我們終來到目的地。山上的天氣嚴寒刺骨，強風迎面吹來，有如一把利刀刮在面上。但當我們踏入花徑時，又是另一番景象。那些嬌艷的花朵，姹紫嫣紅：有些含苞待放，有些急不及待向途人輕舒媚眼；它們爭相吐艷、千姿百態、美不勝收。花香隨微風輕送，沁人心脾，我們都給迷住了，佇足欣賞，不願離去。

寥寥數句，已將騰王閣的特色展現讀者眼前，簡潔有序。

第三段主要寫登山的情景及遊花徑的閒適。前者是懸崖深淵、寒風刺骨，一派剛烈；後者風光旖旎，柔媚如水。強烈的對比，兩種不同的意境，予人頗特別的感覺。

接着，我們便登上小徑，準備挑戰盧山的險地。剛開始時，我們只覺山峯被一大羣樹林所籠罩。後來，我們的視野漸漸變得瞭闊清晰。首先目睹的是巍峨秀麗的錦繡谷，它由大林峯和天池山交匯而成。斷裂的石橋、崩塌的絕壁、青翠的小草，構成一幅秀麗的山水畫，我簡直不敢相信自己的眼睛。路開始曲折難行，但絲毫沒有減低我們的興致。飽經風霜的樹木不規則地紮根在山崗上，跟連綿不斷的山丘互相襯托着，竟另有一番景致。高低起伏的山巒被雲霧繚繞，不禁令人錯覺這裏是仙人居住的地方。我們又走了一個多小時，飽覽雄峯羣山後便離開了。

這次旅程，令我眼界大開，增廣不少見聞，亦令我認識更多歷史名勝及其事跡。宋代大文豪蘇東坡有詩云：「橫看成嶺側成峯，遠近高低各不同。不識盧山真面目，只緣身在此山中。」正正描寫出盧山千巒萬壑、各具華采的風貌，令人神往。

我多希望日後可再重臨此地啊！

- 這是文章的另一個重點，從遠的錦繡谷，到近的樹林，讓大家對盧山的總面貌，有個認識。

- 此處「瞭闊」的「瞭」為錯別字，正確的應為「遼」，「遼闊」。

- 借用蘇軾的詩作結，再一步激發讀者的聯想，加深對盧山的認識。

- 此處的「事跡」用錯詞，「事跡」用於人而不用於景物。這裏應用「故事」一詞。

總評及寫作建議

　　小作者利用「步移法」寫遊記，起承轉接，結構嚴謹。且能恰當地使用修辭手法，如比喻、擬人及排比等，令所描述的事物更具體，更清晰；而視覺和嗅覺的聯想描述，也恰到好處。不過，若能多用些顏色詞，描繪景物的形態，加強視覺效果，文章會生色不少。此外，小作者較偏重於寫景，如能做到情景交融，效果會更好。

　　許多人都喜愛旅遊，而遊記也是很多同學愛寫的文章。寫遊記最重要的方法是把握寫作的要點，即把自己的「體驗」寫出來。

　　遊記包括幾個部分，關於「記事」部分，如旅遊的動機、路線和遊玩同伴等。關於「寫景」部分，就是把當地的特殊景物描寫下來。比方遊黃山，要描寫的景物便是黃山的四絕：雲海、奇松、怪石和溫泉；遊天壇大佛，要描寫的是鳳凰山的風貌，以及大佛的外形和神態，如何莊嚴雄偉。「寫景」要寫得生動，不妨多應用「比喻」、「擬人」等修辭方法，就可以把所見到的景物生動的描繪下來。比方說：「山巔縱橫四五丈，方方的有如一個露天的戲台，上面舖着短短的碧草。」（《山陰道上》•徐蔚南）這樣的描述，就使人有具體而生動的感覺了。

　　此外，把自己對於該地方的人、事和景物的印象和感受寫下來也是很重要的。同樣是一個地方，各人的體驗都有不同。這當然是同學最需要費腦筋的地方，不過，這也是「遊記」最珍貴的所在。

 詞彙百寶箱

寧靜古樸	千巒萬壑	姹紫嫣紅	巍峨	佇足 繚繞
連綿起伏	飽經風霜	含苞待放	爭相吐豔	千姿百態
美不勝收	沁人心脾	山高水險	山勢磅礡	深山幽谷

 精句收集屋

- 那聳立天外的盧山峯頂，雲霧繚繞，神密莫測。

- 五嶽歸來不看山，黃山歸來不看嶽。（熟語）

- 我飽覽盧山瀑布的美景，心廣神怡，飄飄然如入仙境。

✍ 寫作練習坊

1. 這裏雖然山高 _____，但深山 _____，水

   秀花香，美不 _____，別有一番景致。

2. 人常說：五嶽歸來不看山，_____。我有機會同爸媽

   來到黃山，觀賞黃山 _____ 的壯麗景色。

★ **參考自布裕民、陳漢森著：《文體寫作指導》（中華書局，1992）**

24 我家的小狗——菲比

學校：聖方濟各英文小學
作者：鍾麗綺
年級：小六
批改者：本校老師

？ 設題背景

學習記敘文中記物的寫作方法。家中的寵物正是記敘動物的好素材結。

✏ 寫作練習背景

審查學生對記物的寫作方法的掌握。

☑ 習作正文

半年前，我家的大唐狗米妮生下了四隻小狗。一隻在產下不久就因為營養不良，先和哥哥姐姐們道別了；兩隻送給姑媽；所以就剩下一隻小母狗，我幫牠取名為菲比(Phoebe)。

菲比有着灰黑灰黑的毛，和牠爸簡直一模一樣。牠沒有小狗們都擁有的靈活大眼，但這不代表牠的

✔ 點評與批改

● 以單刀直入的方式點題，簡單扼要。

● 承接上文，寫對小狗產生的憐愛。

眼睛小，牠水汪汪的眼睛總是透出純真而帶有可憐的神采，充滿了迷惘。這不能怪牠，還得從兩個月前說起：那時，牠的媽媽不知得了甚麼怪病，常常咬起菲比，瘋狂地扔牠，可憐的菲比每次都被嚇得高聲哭號，緊張得撒尿。那段日子，牠不敢和我們打照面，每當我們走近，都會神經緊張得撒着尿跑到花叢中躲起來。咱們一家人登時愁了起來：牠膽子這麼小，將來怎麼「守門口」呢？想了良久，我們決定順其自然，不過仍努力地去令牠打開心扉。每天，我都會走到牠的跟前，輕輕地拍着牠的小腦袋，溫柔地對牠說：「不要怕，咱們是一家人喔。」開始的幾天，牠還會因過度緊張而撒尿。但後來，我成功了！牠不但不會害怕，還會搖着尾巴，撲到我的身上來呢！

菲比的毛摸上去甚是柔順，四條腿細細的，就像細細的竹子。牠最討人喜歡的就是牠表達熱情的方式。別的小狗們一看見主人，都會

● 注意包括談話對方（讀者）時用「咱們」，不包談話對方（讀者）時用「我們」，這裏指的是小作者一家人，不包括讀者，應用「我們」才正確。

● 此段中小作者以説話「不要怕，咱們是一家人喔」及獨白「一家人登時愁了起來：牠膽子這麼小，將來怎麼『守門口』呢？」等直接敍述，讓小狗的形象具體地呈現讀者眼前。

● 描寫菲比外貌的一句話「菲比的毛……竹子。」應調整至第二段中為好。文章第二段集中寫菲比的外貌，其他段落再加插外貌描寫，文章

立刻跳起來，不顧自己的腳有多髒，就撲到主人身上了。但牠卻只會緩步走到主人的腳邊，抬起牠那可愛的小腦袋，定睛地看着你，讓人情不自禁地摸摸牠。以前還使我們傷透腦筋的牠，現在卻帶給我們無比歡樂呢！

就顯得散亂、層次不分明。

● 寫在作者的照顧下，小狗行為上的改變。

總評及寫作建議

這篇文章短小精悍，沒有太多文字的修飾，內容也是簡簡單單地寫一段淡淡的關係，令人看得舒服。第二及三段，以對比的手法寫菲比前後的分別，也恰到好處。

許多時候學生一到寫描述物件或人物的文章時，為了加強文章的可讀性，往往堆砌些戲劇性的情節，嘩眾取寵。其實，這是沒必要的。因為這不但失去了原物（事情）的真確性，而且更會讓人感到造作，架牀疊屋。

所以若是記述動物，如小貓、小白兔、小鳥等物，一般而言，只要具體講述其形態、動作和特徵，再透過一、兩件事例，或抒情，或說理，就已足夠。

注意用詞的準確性，像人稱「我們」和「咱們」的用法區分，建議平時多翻查字典做積累。另外在描寫方面，注意將事項集中有序地描寫，不要將相同事項的記敘分散到各段去寫，這樣作文會顯得無章法。

 詞彙百寶箱

情不自禁	心扉	迷惘	蹦跳	順其自然	傷透腦筋
憨態可掬	水汪汪	得意忘形	搖頭擺尾	縱身一躍	
四肢輕快	嬉戲	毛茸茸	毛色光亮	呆頭呆腦	

 精句收集屋

- 我家的沙皮狗<u>仔仔</u>，毛色棕黃，全身的皮又鬆又皺，看起來呆頭呆腦的，但一見人就搖頭擺尾，露出一副討好相，真是可愛極了！

- 家裏毛茸茸的小白貓，有時嬉戲起來，得意忘形，經常「搞破壞」，如打破花瓶，很是頑皮。

- 熊貓<u>樂樂</u>和<u>盈盈</u>憨態可掬，牠們一會兒坐在草地上悠然自得地吃竹葉，一會兒拖着滾圓的身子相互嬉鬧，引起觀眾極大的興趣。

寫作練習坊

1. 小花貓四肢 ＿＿＿＿＿＿＿＿＿，縱身 ＿＿＿＿＿＿＿＿＿，蹦跳到桌子上，卻打翻了水杯，牠的調皮真讓我 ＿＿＿＿＿＿＿＿＿！

2. 我家的小京巴狗名叫<u>豆豆</u>，牠的毛色 ＿＿＿＿＿＿＿＿＿，有一雙＿＿＿＿＿＿＿＿＿ 的大眼睛，對着人經常搖頭擺尾，許多人見到牠，都會 ＿＿＿＿＿＿＿＿＿ 地摸一摸牠。

25 我的小傳

學校：聖安多尼學校
年級：小六
作者：陳雨
批改者：本校老師

評估學生能否善用人物形象描寫和感情描寫來記敍文章。

寫作練習背景

1. 記敍事情時能圍繞中心。

2. 能運用描寫方法，記述事情。

　　我是一個普普通通的男孩子，長相沒有特別。身材高大，大鼻子，紅紅的嘴唇，笑起來有兩個酒渦，配着一張白淨的臉，樣貌算是不錯吧！我對衣着沒有甚麼講究，平時總愛穿一身運動服。我覺得，穿着運動服，既舒服又方便。雖然在<u>北京</u>出生，但是我對<u>北京</u>的認識並不深，因為在一歲那年我便跟父母來到<u>香港</u>生活。

- 從平凡中見特色，而沒有特別、沒有講究來顯出特色，對比相當明確。

- 講述自己的出身，已進入另一層次，應從「雖然……」之處分段，並將分的段落調整為第三段，與「記得有一

我很愛笑，也許這是我的天性。有時，我做錯了事，當媽媽要打我時，我會「嘿嘿嘿」地笑起來；每當媽媽看見我的那兩個酒渦，她便不禁笑起來，她的「氣」全給我這一笑打消了。這一招可算是我面對媽媽生氣時的「必殺技」啊！

記得有一次回北京探望爺爺，他帶我到菜市場買菜，到了那裏時，爺爺對我說：「陳雨，如果你和我走散了，你懂得找路回家嗎？」我回答說：「我會。」接着我起了一個念頭：這一趟，就嘗試自己回家吧！於是，我在爺爺不留意時，偷偷走開了。當爺爺發現找不到我時，便喊着我的乳名。那時，一位好心腸的路人看見爺爺着急的樣子，便問爺爺是不是他的小狗不見了呢？這令爺爺啼笑皆非。

次……」這一段相鄰，產生意義上的聯繫，因為這兩段內容都同北京相關。

● 文章透過幽默的手法，記述作者與媽媽之間的關係。

● 以幽默風趣的手法，說明爺爺和乖孫之間的愛，用小作者的任性和爺爺的擔心作對比，說明自己的內疚之情。

後來，他想起之前跟我說的那一句話，便獨自回家了。回到家後，他看見我真的在家裏，便狠狠地罵了我一頓。那時他焦急的心情才平伏下來。但我真沒想到會令爺爺那麼擔心，這令我心中很內疚。

我有一個平凡的童年、一些平凡的往事，但有一顆童真的心。

● 收尾太急，像是要趕着完成文章。以往事顯童心作總結，只是意思太寬泛，可以加一些議論，則文章就完善許多。

總評及寫作建議

本文記述小作者與媽媽和爺爺之間的感情，文章充滿童真，而從生活瑣事表現出長者對小作者的關愛，的確使讀者回味無窮。文中的情感表現得清晰，由歡樂到驚喜均很感染人，實在是一篇不錯的小品文。文章充滿童真，淡淡道來，卻能使人回味。

建議小作者在文章段落的安排上，注意要有序和有層次，將相關內容的段落安排在一起，這樣文章才更具邏輯性，內容有序，層次分明。

英俊　紅撲撲　慈祥　紅光滿面　鶴髮童顏　佈滿皺紋
喜上眉稍　語重心長　和顏悅色　問寒問暖　目光溫和
盡心盡力　朝夕相伴　難分難拾　含辛茹苦　聲如洪鐘

- 滴水之恩，當湧泉相報。（熟語）

- 爺爺七十四歲了，古銅色臉龐佈滿皺紋，一雙不大的眼睛總是笑瞇瞇的。

- 外婆身形胖胖的，紅光滿面，整天都樂呵呵，用慈祥的語調跟人講話。

寫作練習坊

1. 阿明長得非常 ＿＿＿＿＿＿＿＿，高高的身材，白皙的膚色，＿＿＿＿＿＿＿＿ 的面頰，挺秀的鼻子，濃眉大眼，是一個標準的小帥哥。

2. 我自小由奶奶照顧，她和我 ＿＿＿＿＿＿＿＿，如今她要返回祖家養老，令我感到 ＿＿＿＿＿＿＿＿。

26 小倉鼠

學校：聖安多尼學校
年級：小四
作者：黃婧宜
批改者：本校老師

 設題背景

很多小朋友都有寵物陪伴着成長，本文的小作者也不例外。小作者藉着小動物和她的感情，表達了對飼養的小動物難分難捨之情。設本題希望學生透過記述生活上的瑣事，抒發小作者對小動物的關注。

✏️ 寫作練習背景

1. 記敍事情時能圍繞中心。

2. 能運用倒敍方法，記述事情。

 習作正文

　　我非常喜歡小動物，可是，家裏一直都沒有飼養動物。有一次，我和爸爸到旺角逛街，我被一間寵物店的小倉鼠吸引住了。經過苦苦央求，爸爸終於答應買兩隻倉鼠給我！那時候，我們還買了籠子和倉鼠飼料。至於花費……唔……一共花了兩百多塊。

 點評與批改

● 文章開門見山，指出作者喜愛小動物，為下文埋下伏筆。

● 此句表現幽默。

回到家，我把小倉鼠看了一遍又一遍，牠們全身雪白，身上還有一塊塊的棕色的斑點呢！小倉鼠非常的聰明。牠們知道我是牠們的主人後，每當我一伸手進籠子，牠們就會迫不及待地爬到我的手上來，可愛得很呢！

不知不覺地，小倉鼠到我家已有多月了。有一天，我走過廳房，突然看到籠子裏面好像有幾點紅紅的東西。我心想：這下可糟了！會不會是倉鼠受了傷？我走過去打開籠子一看，倉鼠沒受甚麼傷，而那幾點紅紅的東西，是數隻剛出生的小倉鼠！我興奮得大叫大嚷：「爸爸，媽媽，快來看哪！倉鼠生小寶寶了！倉鼠生小寶寶了！」爸媽趕過來後，看了一下，說：「這陣子不要吵牠們，讓牠們靜心休養吧！」雖然媽媽這麼說，可是，小倉鼠實在太可愛了，我忍不住把渾身紅色的小倉鼠拿出來，輕輕地撫摸。

雖清楚描寫小倉鼠的外形，但形容卻不當，「全身雪白」意為全身沒有一絲雜色，但後面卻又寫有棕色的斑點，前後兩句有矛盾，應改為「全身底色雪白」。

小作者善於運用合適的四字詞語來加強語意。

描寫事情時具體而生動，描述小倉鼠的出生情形。

此句表現出小作者對小倉鼠的憐愛。

過了幾天，媽媽突然對我說：「小倉鼠的數量太多了，我和爸爸商量過，決定把小倉鼠們送到平台的回收區去，讓人收養吧！」我聽到後，急急地說：「小倉鼠才剛出生，我不想這麼快就把牠們送給別人，再過一個吧月，讓牠們有個愉快的童年吧！」最後，媽媽也答應了我。

在那個月裏，我非常努力地照顧小倉鼠，可是一個月的限期很快就到了。那一天，媽媽帶我到平台回收區去，我放下了籠子，含着淚，在心裏說：小倉鼠們，我能做的就只有這麼多，祝你們永遠健康！

以「含着淚、心裏說」等短語表達出作者對小倉鼠的依戀。

本文描寫作者對寵物的情感，細膩動人而不失童趣。尤以嚷着求母親多飼養小倉鼠一個月，足見天真無邪之情，令人深深感動，而末段更能表達作者對小倉鼠不捨之情。

全文簡潔而完整，文中情感表現分明，由歡樂、驚喜以至離愁別緒等情節均用情感染，是一篇優秀的小品文。

建議小作者留意用詞的準確性，多讀些名家的作品，多查字典和詞典，對寫作會有很大助益。

苦苦央求	迫不及待	東張西望	溫順膽小	歡蹦亂跳
圓滾滾	蓬鬆	活潑可愛	自由自在	胖乎乎
靈巧	毛色斑斕	搖頭晃腦	小心翼翼	

- 我的小白兔溫順膽小，每次餵牠時，牠總是先四處觀望，確定是安全的，然後才小心翼翼地享用食物。
- 爸爸給我買了一對毛色斑斕的小倉鼠，牠們一身蓬鬆的毛，圓乎乎的，活潑可愛。

1. 在我 ＿＿＿＿＿＿＿ 之下，媽媽終於買下這隻 ＿＿＿＿＿＿

   的籠貓給我作寵物。

2. 小松鼠長着一條又長又 ＿＿＿＿＿＿＿＿＿ 的尾巴，用

   ＿＿＿＿＿＿＿ 的前爪捧着松果在享用大餐。

27 歡樂的教室

學校：聖安多尼學校
年級：小五
作者：盧君鈺
批改者：本校老師

❓ 設題背景

　　教室是學生在生活上最熟悉的地方，每天均發生大大小小的事情。要能寫得好文章，學生首先要懂得將所見的、所想的及所感覺到的清楚表達出來。設本題希望學生透過記述生活上的瑣事，從而抒發情感。

✏️ 寫作練習背景

1. 記敘事情時能圍繞中心。
2. 能運用倒敘方法，記述事情。

📋 習作正文

　　在學校歡樂的時光過得特別快，一眨眼，我已是五年級生。我真的很希望時光可以倒流，回到小時候。雖然小時候學校裏發生的瑣碎事情，我都忘記得七七八八，但那件事卻一直在我的腦海迴旋着。

✅ 點評與批改

● 能運用倒敘法，先引起讀者的好奇，增加文章的吸引力。

● 「那件事」應改為「有一件事」。「那」是指示代詞，本文中要指代的事情還沒出現，所以應先指明「有一件事」，之後才可用指示代詞「那」指代這件事情。

記得那時候，我大概只有五、六歲。那天早上，我踏入教室，連一個人影也看不見，我便知道自己是第一個到教室的。後來，<u>每個同學也都回來了</u>，於是老師說：「今天是元宵節的前夕，我來教你們湯圓的做法吧！」於是老師給我們一些已搓好了的麵團，又分派一些巧克力給我們作配料。我們的湯圓是很特別的，餡料是一粒一粒的巧克力，我把它稱作「巧克力甜心湯丸」。

後來，老師開始示範做法，我們的手不知怎的，不聽指示地跟著老師做起來。當我們低下頭，看看自己的製成品，啊！湯圓不像湯圓，反倒像個鬼臉！突然，有一位粗心大意的同學不小心把麵團弄到另外一個同學的臉上，使全班哈哈大笑起來。我們的笑聲引發鄰班同學的好奇，他們都跑過來，看看發生了甚麼事情，當他們看見我們在搓湯圓時，都很驚訝。

● 能清楚明白地交代時間、人物、地點及事情。小作者善於運用合適的文句，表達情感。以「連一個人影也看不見」，表現出小作者如何熱切期待上這位老師的課，所以最先到達課室。

● 如果用「每個同學也都回來了」，說明之前有同學已來過教室而又短時間離開，後來又都回來了，那麼此句話和前句「我便知道自己是第一個到教室的」意思相矛盾，應改為「同學們都陸續到齊了」為妥。

● 描寫具體而生動。

● 透過鄰班同學過來，側面描寫出教室如何充滿歡樂的氣氛。

這時老師說：「同學們，你們也來搓吧！」他們異口同聲地答應了。那時，大家認真地學起來，但還是搞得亂糟糟的。後來，幸好有老師幫助，同學們才能完成大小不一的湯圓。我們弄完後，老師把湯圓放進鍋裏煮。煮熟後，老師給每人分一份，有的邊吃邊說：「想不到我也可以這麼棒！」有的同學燙了舌頭，但還是很開心。

○ 以「異口同聲」，表現鄰班同學多麼渴望參與這場活動。

○ 用排比句描述同學們的歡欣。

那時整間教室熱熱鬧鬧的，呈現出歡樂的氣氛，這就是我的歡樂的教室，我真的很希望時光倒流，讓我回到那時候，再親身感受一下那時候的歡樂氣氛。

○ 以「希望時光倒流」呼應首段，達到首尾呼應的效果，從而作結。

總評及寫作建議

文章是對典型事件的記敘，運用了首尾呼應的寫作手法。以生動有趣的文句，由老師教導他們搓湯圓開始，細膩地刻畫當時的情況，記敘了小作者的一件難忘事件。小作者善於運用合適的詞彙，表達自己的感情，同時也透過記述歡樂的教室，表達師生之間的情誼。

可以再深入描寫一下搓湯圓的步驟，效果會更突出。另外，小作者須在用詞的準確性和句子的邏輯性上多用功學習。

 詞彙百寶箱

示範	動作嫻熟	笨手笨腳	大小不一	花面貓
拿手好戲	苦思冥想	不甘示弱	功夫不負有心人	
目不轉睛	心靈手巧	井井有條	急於求成	七手八腳
灰心	指導			

 精句收集屋

● 外婆是<u>北京</u>人，她包的餃子非常好吃。暑假的一天，外婆動作嫻熟地包餃子，準備煮給我吃，我乘機在旁笨手笨腳地跟她學習。

● 功夫不負有心人，在爸爸的指導下，我終於製成了小直升飛機模型。

● 我太急於求成了，結果將湯圓做得大小不一，奇形怪狀，湯圓粉搞得滿臉都是，把自己變成了「花面貓」。

✐ 寫作練習坊

1. <u>美嘉</u>心靈 ＿＿＿＿＿＿＿＿，喜歡做手工，用紙摺出花草動物，是她的 ＿＿＿＿＿＿＿＿。

2. 我跟外婆學包餃子，由於 ＿＿＿＿＿＿＿＿，反而總是包不好。外婆在旁耐心地 ＿＿＿＿＿＿＿ 我，反覆 ＿＿＿＿＿＿＿＿ 給我看。

28 城中小品

> 學校：德望學校（小學部）
> 年級：小六
> 學生：徐頌昕
> 批改者：黃嘉莉老師

設題背景

　　是次寫作乃配合單元教學《車廂裏的對話》，要求學生利用身邊素材寫作，善用觀察，記敍一樁在城中發生的小事。

寫作練習背景

1. 善用觀察。

2. 記敍清晰，條理分明。

3. 掌握記敍的技巧，包括順敍法、倒敍法的運用，素材詳畧的剪裁。

4. 藉形象或對話突顯人物的性格及情緒。

習作正文

點評與批改

　　在西貢小巴總站，排着一條長長的人龍，等候着前往彩虹地鐵站的小巴。小巴渺無蹤影，烈日卻曬得大家滿頭是汗——這是每一個公眾假期常見的現象。

● 寫景細緻入微——善用小巴、烈日作對比。

小巴站的人龍中，站着一位婦人和兩名年約四歲的小男孩。他們是一對長得一模一樣的雙胞胎，彷彿是一雙複製品，樣子可愛淘氣，吸引了大家的目光。

那個婦人輕輕地彎下腰，微笑地說：「孩子，你們站了那麼久，一定很口渴吧！」婦人指一指附近的便利店，再說：「我買些飲品給你們吧！寶貝兒，你們想喝些甚麼？」

雙胞胎多是一唱一和，心靈相通的；這對小孩也不例外。「我們要吃甜筒。」他們異口同聲地回答。「好吧！好吧！」那婦人說罷，帶着孩子離開長長的人龍，向着便利店走去。臨離開前，她也不忘交代排在她前面的小姐，她要離開一會兒。

不久，她拖着兩個孩子，急步走出便利店，再走進排隊的人龍中，站回原本的位置，這才溫柔地把甜筒遞給孩子。接着，她又拿出

首兩段敘事清晰，把記敘文中的時、地、人交代清楚。

寫貌能捉住重點。

婦人的動作和話語襯托出她是個慈愛的母親。

事情順敘發展，作者亦能運用對話把人物的情緒交代。

手帕，慈愛地為孩子拭汗。

就在這時，一個聲音傳來：「喂！太太，別插隊。」排在後面的男士生氣地說。

「先生，我只是為我的兒子買甜筒而已，哪有插隊？」婦人用厭惡的眼神，回他一眼。

後面的人也起鬨了：「是啊！你這樣做，不太好。小心你的孩子模仿你！」

勾畫尚算生動，能把起鬨的場面、猙獰的面容活現紙上。只寥寥數筆，便把是次誤會帶來的負面情緒推至高峯。

七嘴八舌的，站在人龍中的市民也紛紛加入「戰團」，面容也由剛才的冷漠變得猙獰。

就在一片擾攘中，站在前面的人為她討回公道：「她沒插隊！她原是站在這兒的！我可以做證人！」

小作者運用了對比法，描繪出鬧哄哄的場面，因一句話：「她沒插隊！」而轉成鴉雀無聲。再配合引擎聲、黑煙的出現，似要告訴大家這畢竟是城中的一椿小事。

後面的人們知道自己冤枉了別人，都立時噤聲。

一陣小巴的引擎聲，打破了這一刻的沈默，噴出的黑煙，似要把

這尷尬的場面輕輕帶過。人們魚貫登車，已忘記了剛才發生的事。

不一會，小巴站又再出現另一條人龍，輪候的人，有的在打呵欠，有的在拭汗，有的在發呆……

● 可在此段之後加插一兩句關於人性的議論，文章立意就更深刻了。

● 善用首尾呼應。人龍中的市民已換上另一批，但大家臉上的仍是那舊模樣——那般的冷漠、那般的遙遠、那般的心事重重……這正是我們這小城的一鱗半爪。

總評及寫作建議

本文篇幅雖短，但敍事尚見清晰，能把一次的小誤會交代清楚。

至於描繪方面，小作者能將各畫面：雙胞胎的精靈、母親的溫柔、人們的情緒變化……呈現在讀者眼前。如能多運用更具感染力的詞藻及修辭手法，描述效果可更上一層樓。

本文取材不錯，能以城中的一件小事作經、人生百態作緯，可見小作者平日對周遭的人或事的觀察入微。香港學生日程表盡是密密的活動，身邊縱或有更好的寫作題材，很多也被大家輕輕放過，這點實在至為可惜。本文作者能依題旨，以現實生活中的鱗爪作文章素材，因此寫來更能引起讀者的共鳴。

論及文筆及措辭，本文或未臻完美，但小作者有敏銳的觸覺，再以旁觀者的身份把身邊瑣事記下，最後以一把正義的聲音：「她沒插隊！」結束這場誤會，是本文最可取的。作者可多發兩句人性方面的警省議論，則文章就更具教育意義了。

 詞彙百寶箱

烈日炎炎　渺無蹤影　　冷漠　　猙獰　　　熱浪襲人

擾攘　　冤枉　　和諧　　尷尬　　大汗淋漓　七嘴八舌

振振有詞　氣急敗壞　心煩氣燥　同情　　　令人不快

 精句收集屋

● 笑一笑，十年少；愁一愁，白了頭。（熟語）

● 身邊的每一件小事，都會給我們帶來啓示。

● 學會體諒別人，設身處地為他人着想，開闊心懷，人與人之間就會
和諧起來。

✎ 寫作練習坊

1. 阿明本是我的好友，但這些日子卻對我 ＿＿＿＿＿＿＿ 起來，

原來他聽了別人對我的閒言閒語，誤會了我，真是

＿＿＿＿＿＿＿！

2. 烈日炎炎之下，＿＿＿＿＿＿＿ 襲人，站牌下排隊等巴士的人

顯得 ＿＿＿＿＿＿＿。

游蹤處處──埃及之行

學校：德望學校（小學部）
年級：小六
學生：黃敏熹
批改者：黃嘉莉老師

 設題背景

是次命題作文訓練學生在寫遊記時，適當地處理資料，包括詳略、先後、主次等。

 寫作練習背景

1. 寫成一篇記敘文。

2. 記敘清晰，鋪排有序。

3. 資料剪裁，要能做到詳略得宜，主次分明。

4. 學生善用詞彙及修辭技巧。

 習作正文　　　　　　　點評與批改

　　兩年前的聖誕節假期，爸爸和媽媽決定帶我到有「四大文明古國」之稱的埃及旅遊。我沒法抑壓熱切的期待和好奇心，在飛機上的十三個小時裏，無時無刻都看着手錶，期盼着到達埃及的一刻。其

● 第一段中生動地描繪了作者熱切期待的心情，亦為下文的「埃及之旅」展開序幕。此段中，亦交代了出發前，作者對埃及一地所知的有限，這亦成了本文結語一段的伏筆。

● 此段有一病句「『四大文

實，我不知道她的模樣，只知道她最負盛名的，就是「十項偉大建築」之一的金字塔。

到達埃及，我留意到周圍的設施和建築都十分落後，但予我卻有一種無法解釋的親切感。我從導遊口中得知，埃及的歷史遠超過其他國家，就算是中國，也不及她五千年之久。昔日的埃及不但擁有龐大的帝國和領域，還擁有先進的科技與文明，難怪她成為名垂千古的「四大文明古國」之一。

我們第一個旅遊景點當然是金字塔。我們沿着窄長的通道，一直走到金字塔的底部。我發覺內裏很幽深，牆上只有數盞吊燈照明。金字塔是收藏古埃及皇帝遺體的陵墓，我們驚歎金字塔的建築佈局嚴謹，跟中國帝皇的陵墓相比，真是另有一番韻味呢！據說設計金字塔的建築師並不是埃及人，而是希臘人。埃及臣子為了不讓他們的國君屍身被細菌和害蟲侵蝕，於是便用

明古國』之稱的埃及」：埃及只是「四大文明古國」之一，如以「『四大文明古國』之稱」來形容埃及，則埃及就代表了四個文明古國，這顯然是錯誤的。可改為「『四大文明古國』之一的埃及」或「有『文明古國』之稱的埃及」則為正確。

● 此處記敘，插敘插議，予人以如臨其境之感。

● 此段記敘小作者遊覽金字塔，並對金字塔、木乃伊有清晰明確的介紹，資料亦見準確。惜說明部份畧長，如在敘事方面再花筆墨，效果應更理想。

白布包裹着皇帝的遺體，這就是日後在博物館內陳列着的木乃伊。我心想：<u>埃及人真聰明，竟然會想出這巧妙的方法來保存遺體。</u>

接着，我們到了著名的<u>利比亞沙漠</u>。那裏塵土飛揚，令我們迫不得已要用布蓋着整個頭，只餘下一雙眼睛。小小的一角頭巾就把我們裝扮得像「恐怖份子」一樣。我們還駕着四驅車，跟着導遊奔馳在崎嶇不平的沙漠上。我十分討厭坐四驅車，那是因為它經常左搖右擺，令我感到腸臟在體內翻騰。走進沙漠上的帷幕，我還嘗試抽了一口很有地方色彩的水煙，挺趣怪呢！

把自己想像成「恐怖份子」，有趣生動，亦有記敍乘四驅車的情景。可惜本段中最後一句：「走進沙漠上……」的出現似較突兀，未有交代是誰的帷幕，是民居？或是展覽場地？被安排在帷幕中的活動，就只有抽水煙？

最後，我們到了世界第二長的河流——<u>尼羅河</u>。這條河被<u>埃及</u>人認為是他們尊貴的「母親河」，因為<u>埃及</u>人的祖先就在<u>尼羅河</u>的兩岸繁衍生息，延續下一代。<u>尼羅河</u>今天扮演的角色也不比昔日的輕。今天，它仍是<u>埃及</u>政治、經濟和文化的中心。我們在一艘大船上逗留了

記敍、描繪均見條理，也能在描寫河岸風景方面有所着墨。如再多運用些詞彙，入微描寫，效果會更好。

數天，每天早晨都對着河岸的風景吃早餐，十分悠閒。我覺得這全是我們繁忙的都市人所渴望的呢！河岸風景優美，鬱鬱葱葱，令人迷醉，看來一點也不比中國的黃河遜色。

我覺得這次旅程充實，也很有意義，不僅令我認識了埃及一些驚世的建築，還讓我了解埃及源遠流長的歷史和當地的風土人情。希望日後還有機會再到此「文明古國」，進一步體會世人所不知的奧秘。

● 回應了第一段，和出發前對埃及的認識作了比較。

總評及寫作建議

文句流暢，各段綱領分明，結構亦見嚴謹，小作者以幾乎均等的篇幅來介紹金字塔、沙漠、尼羅河，予人內容充實之印象。在介紹景點方面，資料詳盡，清晰有序。中國及埃及均為「文明古國」，同樣擁有悠久的歷史，小作者在文中亦不時把兩地作比較，能予人親切感。

文章在說明方面，下了不少功夫，因而忽畧了敘事的成份。文中小作者只畧畧提及走進金字塔及暢遊尼羅河的情況，但對其他的遊覽

經過，着墨不多，宜多運用感官描寫，好令文章更生動。面對埃及偉大的建築、悠長的歷史，作者如能醞釀出更深刻的反省，效果必更理想。

另外注意句子的內在邏輯性，避免出現如「『四大文明古國』之稱的埃及」一類的病句，平時多讀中文語法書可增加這方面的知識。

無時無刻	最負盛名	佈局嚴謹	韻味	迷醉	繁衍生息
鬱鬱葱葱	風土人情	規模宏大	富麗堂皇		雄偉堅固
古樹參天	源遠流長	名不虛傳	景色宜人		塵土飛揚

- 在參觀亞洲最負盛名的香港杜莎夫人蠟像館時，我迷醉於歷史和現代的交融之中，浮想聯翩。

- 羅馬的大圓形競技場雄偉堅固，規模宏大，是人類古建築傑作之一，是世界的文化遺產。

- 暑假我們全家去印尼峇里島旅行，當地的風土人情別有一番韻味，讓人沈醉！

寫作練習坊

1. 在<u>巴黎</u>，我們<u>參觀</u>了富麗 ＿＿＿＿＿＿＿ 的<u>羅浮宮</u>，看到 ＿＿＿＿＿＿＿ 的《<u>蒙娜麗莎的微笑</u>》、《<u>最後的晚餐</u>》等名畫，真是大開眼界！

2. <u>中華民族</u>的歷史 ＿＿＿＿＿＿＿，<u>華夏</u>子孫在神州大地上 ＿＿＿＿＿＿＿，創造了燦爛多彩的文化。

 30 北京之行

學校：德望學校（小學部）
年級：小六
學生：郭嘉盈
批改者：黃嘉莉老師

 設題背景

　　是次命題作文訓練學生在寫遊記時，適當地處理資料，包括詳略、先後、主次等。

 寫作練習背景

1. 能描寫出特定地方景物的特色。
2. 能運用多種的描寫景物的手法。

 習作正文

　　在去年的春節假期，我和家人到北京遊覽。聽別人說：「身為中國人，一生中必要到北京走一趟。」我的北京之旅就是這樣開始了。

　　北京是我國的首都，亦是昔日不少帝皇選作建都之地。這城看盡歷朝的興衰，見慣了成敗的滄桑。

 點評與批改

● 運用常人熟語，展開話題。

● 在文章的開端，即以「興衰」、「滄桑」來烘托北京城的面貌，描畫具體。段末善用擬人

今天仍然屹立不倒的<u>長城</u>、<u>故宮</u>、<u>天壇</u>似在向世人述說那説不完的故事……

　　到達<u>北京</u>後，我們先到「中古世界七大奇蹟」之一——<u>萬里長城</u>遊覽。由於時間非常緊迫，所以我們只到過<u>金山嶺</u>。那城牆寬處可容五匹馬進入，窄處卻只能讓一個人通過。<u>金山嶺</u>視野開闊，它是現存<u>萬里長城</u>最完整的一段，因此被譽為「<u>長城</u>的精華地段」。我們沿着台階，又來到一個高大的平台。當時，我懷着激動和喜悦的心情，繼續往前走。翹首仰望，我看到舉世聞名的<u>八達嶺長城</u>了。我真不能想像昔日人們以有限的技術，如何修建成這樣驚人的建築！爸爸還告訴我，原來的<u>八達嶺長城</u>在歷史上是軍事重地，南北口之間有一處<u>峽谷關</u>，形勢十分險峻；<u>慕田峪長城</u>主要包括<u>慕田峪關</u>、<u>黃花城關</u>和<u>箭扣</u>等地方。站在城牆上，江山依舊，我彷彿回到古戰場，要為保衛國土出一分力。

法，似乎在引領讀者傾聽以下訴説的故事，過渡順利。

● 資料詳盡清楚，景物的描繪尚見具體，惜説明部分過長，記敘的篇幅則嫌太短。

● 此句感情抒發得很好，使人回到千年前的中國古戰場。

第二天，豔陽高掛，我們到了天壇。那裏分別有不同的景點：祈年殿、齋宮、皇穹宇、回音壁和天心石。我最喜歡的就是回音壁和天心石。在回音壁，我在牆的這邊說話，媽媽在另一邊竟能聽得清清楚楚。更妙的是，即使在攝氏三十八度高溫下，走在圍牆外，感覺依然清涼如水，就像在室內開着空調那樣令人舒適暢快。導遊說站在天心石上面說話，能聽到天外傳來的回音；我也不知道這話是真或是假的，但卻想：這只是自己的回音罷了。

最後一天，我們到了故宮博物院。故宮是明、清兩代的皇宮，是我國現存最大、最完美無瑕的古代建築羣。紫禁城的城牆十多米高，在四角上，我看到一座玲瓏俊秀的角樓。整座宮殿呈長方形，佔地七十二萬平方米，有大小宮殿七十多座，房屋就有九千多間。之後，我們還參觀了太和殿、中和殿和保和殿。那裏建築古色古香，美輪美

> 本段寫小作者到天壇遊覽的情況，焦點在回音壁和天心石，能將這兩處勝景的特點交代。

> 此段中小作者能善用詞彙，觀察入微，描述亦見細緻，「任憑你是將相豪傑……」一句，想像奇佳，亦具意境。段末雖加入抒情成分：「……不願離去……」，惜着墨不多，稍欠感染力。

奐，體現了我國古代建築藝術的獨特風格。在蔚藍的天空下，那金黃色的琉璃瓦和重簷屋頂，顯得雄偉壯麗。任憑你是將相豪傑，走到這兒，也會被昔日帝皇的氣魄所攝服。走在這座氣勢宏偉的宮殿中，我遲遲不願離去。現在回想起，印象可說是歷久彌新。

這次北京之旅令我獲益良多，眼界大開。我親身體會到北京歷史文化的源遠流長和多姿多彩的一面。

總評及寫作建議

小作者選北京城作本文的題材，並選了熱門的旅遊景點：長城、天壇、故宮作重點介紹，寫來中規中矩。

本文文筆流暢，資料鋪陳亦妥當，對於小學生來說，這是一篇不錯的遊記。只是文中多選用白描的手法，難免予人平鋪直敍的印象。為增強文章的生動，宜多運用修辭技巧，以吸引讀者。

一般學生在處理遊記時，資料的詳畧安排固然重要，但亦不應局限於景物的描畫，使文章過於規範，宜加入主觀的描寫或抒情成分，以期令文章更豐富多姿，生動感人。本文較重景點的處理，記敍的脈絡則相當模糊，亦欠抒情感，有點可惜。

興衰	滄桑	屹立不倒	古色古香	攝服
歷久彌新	眼界大開	雕鳳蟠龍	紅牆碧瓦	舉世聞名
重檐疊嶂	別具匠心	玲瓏奇巧	斗拱交錯

- 舉世聞名的<u>長城</u>，歷經戰火的洗禮，飽經滄桑，見證了<u>中國</u>兩千多年的歷史興衰，成為<u>中華民族</u>的標誌性建築。

- 故宮的<u>太和殿</u>金碧輝煌、雕鳳蟠龍、重檐疊嶂，殿的正中是金鑾寶座，這裏曾是皇帝舉行重大活動的場所。

寫作練習坊

1. 去年復活節，我們一家人去<u>巴黎</u>遊覽，使我留下 ＿＿＿＿＿＿＿ 彌新的記憶，也使我眼界 ＿＿＿＿＿＿＿＿ ，增長了見識。

2. <u>蘇州</u>園林多佈局嚴謹，別具 ＿＿＿＿＿＿＿＿ ：庭園玲瓏 ＿＿＿＿＿＿＿＿ ，樓台倒影，清幽恬靜；園內有園，景中有景，被稱為「無聲的詩，立體的畫」。

銘謝

《作文教室》編輯部由衷感謝下述 小學
之鼎力支持和誠意配合本叢書的出版

協恩中學附屬小學

油蔴地天主教小學

油蔴地天主教小學（海泓道）

保良局錦泰小學

香港培正小學

番禺會所華仁小學

聖公會呂明才紀念小學

聖方濟各英文小學

聖安多尼學校

德望學校（小學部）

（排名不分先後，以學校名字筆畫數為順序）